Ernst Friedrichsen

Drei Geschichten über Gott, Friesland und das Grillen

Copyright: © 2017 Ernst Friedrichsen
Lektorat: Erik Kinting – www.buchlektorat.net
Umschlaggestaltung & Satz: Erik Kinting
Titelgrafik: © Gabriele Rohde (fotolia.com)

Verlag und Druck:
tredition GmbH
Halenreie 40-44
22359 Hamburg

Bibliografische Information der Deutschen Nationalbibliothek:
Die Deutsche Nationalbibliothek verzeichnet diese Publikation in der Deutschen Nationalbibliografie; detaillierte bibliografische Daten sind im Internet über http://dnb.d-nb.de abrufbar.

WARNUNG!

Dieses Buch dient der Kurzweil und ist nicht als Wurfgeschoss gedacht.
Man sollte es nicht im Bett lesen, es besteht die Gefahr des Nichteinschlafenkönnens.
Auch sollte man es nicht lesen, wenn man nach Helgoland möchte.
Unter Umständen sollte man es nicht alleine lesen.
Auch wird geraten, eine Hand freizuhalten – zum Umblättern.
Wer schwache Nerven hat, muss das Buch im Dunkeln lesen, bei Kerzenschein, das beruhigt.
Zur Beruhigung für Sehschwache: Wo keine Buchstaben zu sehen sind, da sind auch keine.
Wer es dennoch liest, tut dieses auf eigene Gefahr, für eventuelle Lachfalten wird keine Haftung übernommen.
Auch ist Angstschweiß nicht versichert.

9 Uhr ab Hamburg

Kapitel 1

13.06., 5.00 Uhr morgens
Nordfriesland an einem Montag. Es war der 13. Juni eines beliebigen Jahres, fünf Uhr morgens. Der Wecker von Heinrich-Jürgen Großmann läutete. Regen klopfte sachte an das Fenster, es windete in leichten Böen.

Heinrich-Jürgen war Landwirt und das mit Leidenschaft. Geboren 1952 durfte er als Erstgeborener den Hof übernehmen. Seine beiden Brüder hatten ohnehin keinen Sinn für die Landwirtschaft: *Kühe stinken und machen abhängig, rauben die Freizeit, sonntags Melken ist ein Graus* und so weiter. Ludwig-Leonhard hatte sich als Maurer einen kleinen Zweimannbetrieb aufgebaut, der lief ganz gut. Der jüngste Bruder, Ole – den Namen mochte Heinrich-Jürgen nicht und schmierte es seinen Eltern bei jeder Gelegenheit aufs Brot – war als Kfz-Händler mit Werkstatt auch gut beschäftigt.
Heinrich-Jürgen war 1,80 Meter groß und hatte einen leicht nach vorne geneigten Gang. Seine Arme hingen am Körper herunter und schlackerten ein wenig beim Gehen, das ließ seine Erscheinung etwas tumb wirken. »Er läuft wie ein Affe«, lästerte seine Frau, zwar liebevoll, aber für Außenstehende wirkte es durchaus herablassend.
Heinrich-Jürgen hatte sich von seinem Vater davon abraten lassen, bei der Energiewende mitzumachen, so fuhr der Zug mit den Windanlagen an ihm vorbei; auch die Stallungen wurden nicht mit Solarzellen bestückt. Die Schatten der Rotorblätter von Nachbars Anlagen zogen bei tief stehender Sonne über seinen Hof, als wollten sie ihn ermahnen: *Wer zu spät kommt, dem fährt der Zug vor der Nase weg.*

Die Rotorblätter durchschnitten die Luft mit einem leichten Dröhnen. Vögeln, die der Anlage zu nahe kamen, erging es auch nicht besser – was das *Durchschneiden* betriff, nicht das *Dröhnen*. So drehten die Mühlen das Geld in die Taschen seiner Nachbarn.

Sparsam, das war er, aber mit Geld umgehen? Na ja … Es war ihm lieber, wenn seine Frau sich darum kümmerte. Heinrich-Jürgens rechter Stiefel hatte sich mal einen Riss zugezogen. Er war wohl hinter der Ackerschiene hängengeblieben und noch bevor er es merkte, war der Stiefel aufgerissen. Wegwerfen wollte er das gute Stück nicht. Er hatte mit ihm schon eine Menge Mist durchgestanden und so manche Jauchepfütze durchwatet. So schnitt Heinrich-Jürgen, für ihn logisch, den Schaft ab und, damit es ein leichtes Hinein- und Hinausschlüpfen wurde, auch gleich die Hacke mit weg. Da der Rand seiner neuen Gummischuhe nicht versteift war, hingen die Seiten wie Hasenohren runter, was dazu führte, dass er gelegentlich ins *Schnüffeln* geriet. Das wurde von ihm mit einem Lachen zur Kenntnis genommen und mit den Worten »Ist nun mal so« kommentiert.

Der *Schnüffel-Tüffel* – damit konnte seine Isolde ihn so richtig zum Kochen bringen, das wusste sie genau. Besonders, wenn sie nicht ihren Willen bekam, konnte sie bösartig werden. Er hingegen konnte nicht aus der Haut fahren, sähe einfach blöde aus, und so kochte er dann innerlich und der Knecht musste als Blitzableiter herhalten.

Es war ihm eine Freude, den Klang des Weckers zu hören, nicht nur als Hörtest. Sein Herz hüpfte vor Freude, da er nun in den Stall konnte, denn da fühlte er sich wohl und sicher; der Stall war seine eigentliche Heimat. Da kam ihm seine Wortkargheit zugute, denn die Kühe stellten keine Fragen.

Seine Frau stand jeden Morgen mit ihm auf. Sie redeten nicht viel miteinander. Er ging melken, füttern und misten, den Trecker treten, wenn ihm danach war, und sie bereitete das Frühstück zu.

Während des gemeinsamen Frühstücks bemerkte sie, dass ihr Gatte mindestens eine Sorge, wenn nicht mehrere hatte, denn das Frühstücksei wurde mit brachialer Gewalt geköpft. Für gewöhnlich titschte er das Ei mit einem leichten Messerschlag an, um es dann komplett aus der Schale zu pellen, dabei lächelt er versunken, um es dann in einem Stück zu verspeisen.

Die Jahre ihrer Ehe hatten sie zu einem Gedanken zusammenwachsen lassen. Sie verstanden sich, ohne viele Worte zu machen, und genauso redeten sie oft aneinander vorbei.

63 Jahre war er nun alt – und kinderlos. Nicht dass er sich keine Mühe gegeben hätte. Mit Eifer hatte er sich bemüht und abgemüht, geradezu mit Begeisterung abgestrampelt, aber vergebens. In jungen Jahren war kaum eine Nacht ungeschwitzt vergangen. Über die Jahre wurden es dann weniger, bis die nächtliche Schwitzerei fast zum Erliegen gekommen war. Seine Isolde war ein Jahr jünger und hatte ihn bis zum Letzten gefordert, aber es war vergebens; auch sie hätte gerne Kinder gehabt.

Der Hof war seit Generationen Heimat der Familie, vom Vater auf den Sohn übergegangen. Heinrich-Jürgen sagte immer, mit Blick auf die Kinderlosigkeit: »Ich habe den Hof nicht von meinem Vater geschenkt bekommen, sondern von meinen Kindern geliehen.« Es war nun so, dass der Erbe fehlte. Das trübte die gesamte Stimmung auf dem Hof ein.

Auch hatte Heinrich-Jürgen einige Schafe, die er auf dem Deich laufen lassen durfte, die waren mehr Hobby, als dass sie für den Betrieb von Bedeutung gewesen wären. Kosteten eher, als dass ein Gewinn zu erwarten war. Seine Isolde wurde darum auch nicht müde, ihm in den Ohren zu liegen, er möge sich doch von den Tieren trennen. Aber er liebte seine Tiere, da er ihnen seine Nöte anvertrauen konnte. Dinge, die er nie mit Isolde bereden würde, konnte er bei ihnen loswerden – die konnten Geheimnisse für sich behalten.

Der Frühling war für Heinrich-Jürgen bisher zufriedenstellend, der erste Schnitt der Heuernte war unter Dach und Fach. Die Schafe und Kühe waren wohlauf. Die Schafe liefen auf dem Deich, das hatte auch einen praktischen Effekt, denn mit ihren kleinen Füßen festigen sie den Deich. Spaßvögel behaupteten, dass die Schafe bei Überschwemmung als Wischmopp dienen könnten.

Schafexperten tauschen sich schon mal aus und das auch gerne weltweit. In Australien gibt es wohl die größten Herden, also wurden nordfriesische Schafexperten geschickt, sich zu informieren, wie es gelingen kann, ohne Deiche Schafe zu halten. Die Nordmänner wunderten sich, dass keiner Platt verstand, die Australier hingegen, dass keiner Englisch sprach, und über die Gummistiefel, die in Grün oder Gelb in der Sonne leuchteten. Man plauderte lustig aneinander vorbei und hatte eine Menge Spaß. Ob die Ausis »Kommt mal wieder« oder »Bleibt lieber zu Hause« sagten, ist nicht bekannt, beim Abschied wurde jedenfalls reichlich gewunken. Auch etwas Verwertbares wurde nicht mitgebracht, da es an der sprachlichen Kompetenz mangelte, aber eine launige lang anhaltende Erinnerung war es dann doch.

Die Nordfriesen boten dem *Blanken Hans* jeden Tag die Stirn. In jahrelanger Müh ringen sie dem Meer das Land wieder ab, das sich die See bei jeder sich bietenden Gelegenheit holt. Sie werden nicht müde Lahnungen ins Watt zu bauen. Alle sechs Stunden kommt die See vorbei und schaut, ob diese Kerle noch da sind. Und die sind da, emsig und unermüdlich, unterstützt von zahllosen Urlaubern, die durchs Watt wandern. Die zeigen der See die Zähne, meist zitternd vor Kälte, wird behauptet. Eingeschüchtert zieht sich die See zurück. Wenn die See wütend wird, dann aber richtig. Die kommt dann nicht alleine. Sie bringt einen Freund mit: den Sturm. Manches Mal bringt er auch seinen großen Bruder mit, der auf den Namen *Orkan* hört. Wobei zu sagen ist: Der hört nicht, der ist zu hören. Gemeinsam toben sie sich aus und reißen alles mit, was nicht fest ist.

Aber die Menschen an der Küste – wettergegerbt, regenerprobt, sonnenverbrannt, sonniges Gemüt – spucken in die See, fluchen dem Wind entgegen, blinzeln in die Sonne und holen die Brötchen beim Bäcker. So auch Bauer Heinrich-Jürgen, der mit dem Südwester zum Bäcker stakste und sich, triefend vor Nässe und über das Wetter fluchend, einen Kaffee gönnte.

Montag, 9.30 Uhr

Zur Bäckerschen sagte er: »Bei dem Wetter jagt man ja keine Sau vor die Tür.«

»Dann bist du wohl ein Eber«, meinte diese schnippisch.

»Danke. Und dir habe ich mein Herz ausgeschüttet.«

»Ich werde deine Sorgen ins nächste Brötchen einbacken«, bot sie ihm an.

»Dass deine Zunge ein Eigenleben hat, macht mir keine Angst, aber wo andere ein Herz haben, hast du einen Eiszapfen. Das weiß doch jeder.«

»Ich bin nicht an der Küste geboren. Eure wettergegerbten Seelen versteht ohnehin nur ihr. Ihr trampelt im Watt rum und lockt auch noch Fremde mit, nur um im Matsch rum zu tapsen, Ihr pinkelt selbst bei Sturm gegen den Wind, nur damit auch jedem klar ist: *Mit uns nicht.* Also im Kaffee ist dein Regen auch drin oder soll ich den Regen ausgießen und du nimmst den Kaffee pur?«

»Backsche, du hast eine Seele, da würde selbst der Teufel zum Christentum wechseln.«

Er süffelte den Kaffee nach altem Brauch mit Schnaps, denn er selbst mitbringen musste, was seine Isolde allerdings nicht wissen durfte, denn bei Alkohol sah sie Rot.

Ein anderer vom Wetter gegerbter Bauer, Joachim Grimm, gesellte sich zu ihm.

Heinrich-Jürgen deutete auf die Herrin der Brötchen und meinte: »Die ist hier gut aufgehoben.«

»Wie meinst du denn das?«, fragte Joachim.

»Na, die Backsche auf dem Hof und die Schafe stehen Spalier zum Appell, eine Pfote an der Hutkrempe.«

Ein Dritter mit einer Tasse in der Hand stellte sich dazu. Es war Herbert Johansen, ein Ureinwohner der ganz alten Sorte, immer bester Laune.

»Na Johansen? Wieder Oberkante Unterlippe? Bei dir hat Kimme und Korn eine andere Bedeutung – wenn du zu viel Korn hast, liegst du auf der Kimme. Wenn du das Korn auf dem Feld reifen siehst, freut sich bei dir die Leber«, lästerte die Bäckereifachverkäuferin.

»Werd nur nicht frech. Wir Friesen sind früher auf. So was wie dich sind wir früher zur Arbeit geritten, nur nannten wir die *Schindmähren*.«

Sie ergriff ein Mandelhörnchen und drohte den dreien. »Passt auf, dass ich euch keine Schafskötel in den Kaffee rühr.«

»Mit dir, du garstiges Weib, möchte ich gerne mal Klabusterbeeren beißen«, lachte Johansen.

»Früher haben wir drollige Frauen im Deich vergraben, damit der besser hält. Ist leider aus der Mode gekommen«, mischte sich Heinrich-Jürgen ein. »Aber wir haben dich trotz deiner frechen, oder gerade wegen deiner frechen Schnauze gerne, ohne dich wären wir nicht hier«, ergänzte er.

Sie senkte die mandelbewehrte Faust.

Der alte Deichgraf Tönnsen, der steif und fest behauptete, dass er Klaus Störtebeker noch persönlich gekannt hat, traf ein. Wie alt der Tönnsen wirklich war, wusste in der Tat niemand genau, aber Zweifel waren angebracht. Der versuchte, wie jeden Tag, zu den dreien dazu zu stoßen, scheiterte aber wie immer an der Stufe vor der Tür. Die Stufe war ein Hindernis, für den alten Mann kaum zu überwinden. Er wohnte gleich neben dem Laden, war aber so schlecht zu Fuß, dass er 15 Minuten brauchte, von seiner Haustür bis zur Stufe am Bäckerladen.

Mit vereinten Kräften wurde er emporgehoben.

Er war Gebissträger. In der Regel trug er das Gebiss in der Hosentasche, da es ihm wegen schlechten Sitzes stets aus dem Mund fiel. Einst vergaß er es einzusetzen und setzte sich drauf, wobei das Unterteil zerbrach. Seit dem Tag pfiff er ein wenig beim Reden. In früheren Jahren kontrollierte er die Deiche auf Schäden. Das machte er auch heute noch, obwohl er schon längst in Rente war. Er machte sich jeden Tag auf den Weg zum Deich, gelangte aber nur bis zum Deichfuß. Aus einem Buchenzweig hatte er sich einen Gehstock geschnitzt, mit Mustern und Ornamenten, mit dessen Hilfe kam er gut zurecht. Einen Rollator hat er bislang vehement abgelehnt. »Ich bin doch nicht gehbehindert«, fluchte er dann, wenn einer damit anfing.

Er stand nun vor dem Tresen, erleichtert, es geschafft zu haben. »Fachst mir einen Faffee fit Fahne, drei Fück Fucker, Fittfe«, sagte Tönnsen, dabei hatte er eine Hand vorm Mund, da er Angst hatte, dass sich sein Gebiss alleine über die Torten hermachen könnte.

»Ich mach dir einen doppelten Schuss Milch rein, damit der Milchumsatz steigt.« Dabei sah die Backsche zu den Landwirten, denn die hatten sich in den letzten Tagen stark über die fallenden Milchpreise ausgelassen.

Da hatte sie einen Nerv getroffen und es ging hitzig zur Sache. Vorneweg Heinrich-Jürgen, denn er hatte noch vor geraumer Zeit investiert, in die Zukunft, denn der Markt gab es gerade her. Nun war die Nachfrage aus China weggebrochen und die Quotenregelung auch dahin. Eine Überproduktion hatte begonnen, die Handelseinschränkungen mit Russland waren auch zu spüren. Er musste derweil Klimmzüge am Brotkasten machen, das durfte aber keiner wissen. Und dass er einen Termin bei der Bank hatte, wegen einem kleinen Überbrückungskredit, sagte er auch keinem, denn die Blöße mochte er sich nicht geben.

Nun betrat der Pastor den Laden, um seine Brötchen abzuholen, wie jeden Tag. »Ach, da sind ja meine U-Boot-Christen«, lachte er.

»U-Boot was?«, fragte die Backsche und sah den Pastor verwundert an.

»Die«, dabei zeigte er auf die drei Bauern, »tauchen nur in der Kirche auf, wenn es was zu feiern gibt, U-Boot-Christen eben.«

Heinrich-Jürgen sah den Pastor böse an. »Wir haben nun wirklich ernstere Sorgen, als in deine Kirche zu kommen!«

»Heinrich-Jürgen«, begann der heilige Mann mit sanfter Stimme, »ich kenne eure Besorgnis um die Milchpreise und die Sorge um eure Existenz, aber lasst nicht ab vom rechten Weg, der Herr ist mit euch. Vergesst das bitte nicht.«

»Ich hab es nicht bös gemeint, Paster. Ich bin nur sauer, weil die Lage so ernst ist und die Politik uns im Stich lässt.«

Für gewöhnlich regen Nordfriesen sich nicht auf, das liegt nicht in ihrer Natur, ist ihnen zuwider.

»Und wie ist es mit dem Export von eurer Milch?«, fragte der Pastor.

Herbert Johansen antwortete schon fast verzweifelt: »Wenn wir unsere Milch nach Afrika schicken, dann verarmen die Bauern da, deren Milchwirtschaft bricht dann zusammen und die kommen als Flüchtlinge zu uns, das ist genau die Politik, die wir seit Jahren betreiben. Auf der einen Seite Entwicklungsgelder zur Stärkung der Wirtschaft in den Entwicklungsländern und dann mit billiger Milch gegensteuern, unheimlich intelligent ist das nicht. Ein Absterben der

Höfe wird beginnen und nur die, die genug entgegenzusetzen haben, werden überleben.«

Der Pastor würde lieber gehen, ihm wurde unbehaglich, aber er gab nicht auf, seine Schäfchen in die Kirche zu bekommen.

So sind die Nordfriesen: bekannt für ihr unbeirrtes Denken. Dazu nehmen sie eine bequeme Körperhaltung ein. Dazu bedarf es einer Schaufel oder Forke, ein Gatter tut es zur Not auch. Das wiederum ist eine Erfindung der Friesen wegen dem Denken: Sie nehmen eine leicht gebeugte Körperhaltung ein, das hilft beim Denken. Wenn jemand stört, so wird er *vergattert*, dafür das Gatter. Das hat sich in den Sprachgebrauch der gesamten Republik eingeschlichen. Beim Denken ist Störung unbedingt verboten. Wenn denn eine Lösung in Sicht ist, kommt der Zeigefinger nach oben und macht kleine bis große Kreise. Der Kopf folgt den Kreisen oder geht entgegengesetzt. Wenn es nicht passt, kommt ein deutliches »Ach, nööh!«, bei dem kurz der Kopf gehoben wird. Und der Denkvorgang wird wiederholt.

Ein Denkvorgang ist überliefert: Da ist ein Friese ins Watt gegangen um Muscheln zu suchen, Bewaffnet mit einer Forke und einem Eimer. Da muss ihm ein Gedanke gekommen sein. Welcher, ist nicht bekannt, muss aber wichtig gewesen sein. Er hat seine Forke in den Boden gerammt und seine Denkhaltung eingenommen. Nordfriesen, muss man wissen, kommen langsam aber mit Überzeugung. Da muss ihn die Lösung überkommen haben, aber auch die Flut – er ist ertrunken; der Zeigefinger war noch in der Luft, als man ihn aus dem Watt bergen konnte. Es war noch zu erahnen, dass er seine Kreise in die Luft geschrieben hatte. Nach der Stellung des Kopfes war es wohl ein *Ach nööh*. Auch als die Ebbe einsetzte, hat er seine Denkhaltung beibehalten, was für die Beharrlichkeit der Nordfriesen spricht. Er ist somit der erste bekundete *Ach-nööh-Taucher*. Ob er ein erneutes Denken begonnen hätte, lässt sich leider nicht mehr feststellen.

Auch gelingt es einem Nordfriesen durchaus auch mal Beamter zu werden. Dass es da beim Denken ein Problem gibt, liegt einzig daran, das er in seinem Büro keine Forke in den Boden rammen kann, denn die Körperhaltung ist sehr wichtig. Ein Gatter gibt es auch nicht, so legt er aus der Not den Kopf auf den Tisch und geht Kaffee trinken. Das erklärt die vielen Kopflosen in den Ämtern. Das hat nichts mit Büroschlaf zu tun, das ist ein reiner Denkprozess.

Einem Nordfriesen würde es auch nie in den Sinn kommen, sich etwas aus dem Kopf schlagen zu wollen, denn das tut weh. Den Kopf hat sich da auch noch keiner zerbrochen, so einen großen Nussknacker haben die Nordfriesen nämlich nicht.

Um tiefschürfend nachzudenken, geht man in den Keller.

Die Mathematik wurde in Nordfriesland späht eingeführt, abends um acht. Ein friesischer Rechner ermittelte, dass bei 12 Grog die Augen das Schielen beginnen, so würde man 24 Grog benötigen, um nach hinten sehen zu können. Nach dieser Theorie begann er mit dem Laborversuch, der in der Dorfkneipe aufgebaut wurde; anderen Orts nennt man das *Selbstversuch*. Es begann die Umsetzung: Bei 14 Grog lag sein Kopf auf dem Tisch – nicht dass er besoffen war, nein, das war nur zur Neuberechnung, wie er betonte.

Das logische Denken ist den Friesen in die Wiege gelegt. So auch dem kleinen Max. Drei Jahre war der Knabe. Und Spross einer Friesenfamilie, der in einer Umgebung mit ausgeprägten Brüsten aufwuchs. Wenn ihm nach kuscheln war, so lag er weich und geschützt. Der kleine Max durfte irgendwann in den Kindergarten. Und ihm war nach kuscheln. Nach längerem Drängen erbarmte sich eine Kindergärtnerin und nahm den kleinen Mann auf ihren Schoß. Max schmiegte sich an ihre Brust.

Nach einer Weile des Kuschelns, sah Max die Frau an: »Hast du auch einen Busen?«, fragte er mit kindlich-unschuldigem Gemüt.

Die Frau, leicht irritiert, antwortete wahrheitsgemäß: »Ja, jede Frau hat einen Busen.« Sie deutete mit der Hand auf ihren Oberkörper.

»Kannst du den morgen mitbringen?«, fragte Max.

Dieses Ansinnen war der Guten wohl zu dreist, die Eltern wurden einbestellt und mussten Fragen beantworten, die nur jemandem einfallen konnten, der keinen Sinn für kindliches Verlangen hat. Auch waren es für friesische Verhältnisse zu viele Worte.

Beerdigungen sind unangenehm, besonders für den Verstorbenen. Davon werden auch die Nordfriesen nicht verschont. Ein betontes *Moin* beim Einbuddeln ist eine gute Predigt. Ein lang gezogenes *Moiin* heißt: *Gut dass wir dich los sind.* Wenn es während der Beerdigung regnet, spart man sich die Tränen.

Heinrich-Jürgen beschäftigte einen Knecht und eine Magd, die gute Dienste verrichteten. Die Mahlzeiten wurden auf dem Hof gemeinsam eingenommen. Dabei musste man nur auf eines achten: Sobald sich die Nasen berührten, war Vorsicht geboten und man musste drauf achten, dass einem keiner in die Lippen biss.

Auch ist beurkundet, dass ein Nordfriese Amerika entdeckte. »Dissen Ammer, Erika machste mitnehm« Diese Aussage ist niedergeschrieben worden, wie man sehen kann.

Montag, 10.15 Uhr

Die drei Einträchtigen standen nun beim Bäcker. Jeder war eine Weile mit seinen Gedanken auf Abwegen, nur um dem Pastor eins auszuwischen, denn Gedanken sind frei.

Der Schornsteinfeger August Lohmann betrat den Laden. »Machst du mir vier Brötchen mit Käse, Ei und Mettwurst?« Er sah zu den dreien und dann zum Pastor. »Musst du deinen Schäfchen nachlaufen?«

»Die drei da sind die schwarzen Schafe der Gemeinde, die sind auch geschoren, nicht kirchlich kompatibel, meinte der Pastor.

»Na, Tönnsen«, dabei klopfte Lohmann dem Alten auf den Rücken, sodass sich dessen Zähne über die Lippen schoben und nur mit einer Reflexbewegung aufgehalten werden konnten.

»Muft du mif so erschreckfen, if hatte fafst mein Gebif verforen.«

»Ich komme am Nachmittag bei dir den Schornstein fegen.« Mit einer Tasse Kaffee gesellte er sich zu den dreien. »Was meint ihr, treten die Briten aus Europa aus? Die haben ja heute Abend ihre Wahl.«

»Das wäre sehr dämlich, der Schaden für die Engländer dürfte größer sein als der Nutzen. Dass die das tun, kann ich mir nicht vorstellen«, meinte Herbert.

Joachim gab zu bedenken, dass die Schotten die Gelegenheit nutzen dürften und auch ein Referendum durch führen würden: »Es dürfte den Schoten nur zu recht sein, wenn die Engländer austreten, die werden ihre Möglichkeit erkennen und England ihrerseits den Rücken kehren, das würde den Briten das Herz brechen und dem Wahn, eine große Nation zu sein, ein Ende bereiten.«

Der Pastor meldete sich zu Wort: »Wenn die Nationalisten in Europa die Oberhand gewinnen, ist die Demokratie in Gefahr, der Weg von der Unabhängigkeit zur Diktatur ist nur kurz und zu verlockend, die Gefahr, dass bei einem Auseinanderbrechen der EU eine unkontrollierte Egomanen-Gesellschaft an die Macht kommen könnte, ist groß, diese Popolisten.«

»Heißt es nicht Populisten?«, unterbrach Herbert den Geistlichen.

»Bei mir sind das Popolisten, basta! Das sind die Marktschreier des Verderbens.«

Heinrich-Jürgen stellte seine Tasse ab. »Ich muss mich auf den Weg machen. Ich habe noch einen Anhänger auf der Koppel stehen«, erklärte er seinen Freunden. In Wirklichkeit hatte er aber ein Treffen mit dem Bankmenschen.

»Der war so schweigsam?«, fragte der Schornsteinfeger.

»Er hat wohl Geldsorgen. Seine Frau, so wird erzählt, lässt beim Kaufmann anschreiben«, sagte Joachim und hob dabei die Hände.

»So schlimm steht es um ihn?«, meinte der Pastor besorgt.

Der Pastor ging eilig hinter Heinrich-Jürgen her: »Heinrich, warte mal!«

Heinrich-Jürgen hörte nicht oder wollte nicht hören, ging in seinem ihm eigenen schlaksigen Stil weiter.

»Eh, nun warte doch!« Der Pastor wurde etwas energischer.

Heinrich-Jürgen stoppte, ungehalten. »Was ist, Paster? Ich habs eilig!«

»Ich weiß, dass du in Not bist, ich muss dir etwas geben. Hier, eine Telefonnummer. Die ist von einem Telefonseelsorger, wenn du Hilfe brauchst ... Du verstehst, was ich meine. Ruf ihn einfach an, ja? Vergiss das nicht.«

Montag, 11.00 Uhr

Mit einem »Moin« und festem Händedruck empfing ihn der Mann des Geldes. »Setz dich. Du hast es dringend gemacht, sehe ich das richtig? Möchtest du etwas trinken? Ein Glas Wasser, einen Kaffee?«

Heinrich-Jürgen war nervös. Zum einen kannte er den Berater schon 40 Jahre. Und er hatte jedes Geldbedürfnis mit ihm besprochen, nur nicht als Bittsteller, sondern als der große Bauer mit Visionen, heute nun aber als Bettler, so kam es ihm vor. Das mochte er nicht.

»Ich benötige nur einen Kredit, so für ein halbes Jahr.«

»Heinrich, du weißt, mir sind die Hände gebunden. Du bist mit drei Raten in Verzug und weitere Rechnungen sind bereits überfällig. Du musst dein Erspartes einsetzen, wenn du deinen Betrieb retten willst.«

»Mein Erspartes«, Heinrichs Stimme überschlug sich, »ist die Absicherung fürs Alter, das weißt du genau, das Thema hatten wir doch schon.« Heinrich-Jürgen war kurz vorm Sauerwerden. »Nur ein halbes Jahr, dann sind wir doch wieder im grünen Bereich. Ich verkauf auch meine Schafe, wenn es denn sein muss. Du weißt doch, der Trecker war in der Werkstatt, das hat gekostet.«

»Ja, weiß ich, auch dass du die Stromrechnung nicht bezahlt hast und die KFZ-Steuer und, und. Ich bin meinem Arbeitgeber gegenüber in der Pflicht. Wenn es nach mir ginge, wäre das kein Ding. Aber wir sind kein Sozialamt, sondern ein Supermarkt fürs Geld. Umsatz und Gewinn, das ist, was wir sind. Und ein nicht kalkulierbares Risiko, das weißt du genau so gut wie ich, darf ich nicht eingehen. Geh an dein Erspartes. Sieh es so: Du gibst dir selbst einen Kredit und zahlst es in Raten an dich zurück.«

»Das kann ich doch meiner Isolde nicht verkaufen.«

»Komm runter von deinem Ross. Das Nächste, was du nicht aufbringen kannst, ist die Pacht für das Pachtland, von dem du nach meiner Meinung zu viel hast.«

»Du willst mir nicht helfen, so sehe ich das!«

»Ich kann nicht, ich bin schon ans Äußerste gegangen, habe deinen Überziehungsrahmen weit übers Limit gedehnt. Auch wenn es dich schmerzt, du kannst nur noch an dein Erspartes. Ich werde mit dem Vorstand reden, ob es machbar wäre, eine komplette Neufinanzierung vorzunehmen, unter Umständen eine längere Laufzeit, aber bedenke dein Alter. Womöglich wäre der Verkauf deines Betriebes die beste Lösung.«

»Neiiiin! Dann löse ich lieber den Sparvertrag.«

Dieser Tag wollte nicht mehr gut werden. Heinrich-Jürgen fuhr mit Wut im Bauch auf die Koppel, noch eine Runde mit dem Heuwender drehen, das beruhigt die Nerven. Er stieg vom Traktor, trat mit dem linken Fuß auf die Lasche des rechten abgeschnittenen Gummistiefels, fiel der Länge nach ins Heu und mit dem Gesicht in etwas, das die Jäger als *Losung* bezeichneten. Es war von einem Reh, nicht viel, aber weich und warm. Wer noch das *HB-Männchen* kennt, der weiß, wie es in Heinrich-Jürgen zuging.

Das Gespräch mit Isolde wegen dem Sparbuch verschob er auf den nächsten Tag. Der 13. Juni ging zur Neige. Sie lagen schweigend im Bett nebeneinander, Isolde schlummerte leise weg, Heinrich-Jürgen konnte nicht schlafen. Als ihn die Müdigkeit übermannte, geriet er auch gleich in einen Albtraum, in dem er seine Schafe vor dem Tor des Schlachthauses stehen sah. Sie fragten ihn: »Warum hast du uns verraten?«

Kapitel 2

6.30 Uhr

Der neue Tag war unbemerkt über Nacht eingetroffen und wurde mit lautem Weckergeläut begrüßt. Nur der Wecker bekam zum Dank eins auf den Deckel. Der Wecker hätte allen Grund gehabt, sauer zu sein, aber er tat seine Pflicht, mit stets demselben Ergebnis: Er bekam eins auf den Deckel.

Heinrich-Jürgen stand im Bad vor dem Spiegel, nahm mit der rechten Hand, wie jeden Morgen, seine Zahnbürste aus dem Zahnputzglas, in der linken hielt er die Zahnpasta. Er sah sich, den Kopf drehend, im Spiegel an.

Man kann sich nie sicher sein, dass man sich im Spiegel betrachtet. Betrachtet man sich selbst oder wird man vom Spiegelbild betrachtet?

Heinrich-Jürgen stellte mit Bedauern fest: »Ich werde auch immer grauer«, dabei drückte er fasst sein Gesicht in den Spiegel. Er blickte zum Zahnputzglas. »Wo zum Teufel ist denn meine Zahnbürste? Die war doch gerade noch da?«

Seine Augen durchforsteten das Regal vor ihm, auch ein Blick in das Becken vor ihm wurde notwendig.

»Bin ich den total von Sinnen?«

Erneut sahen seine sich weitenden Pupillen zum Zahnputzglas. Er fokussierte genauestens auf das Zahnputzglas. Seine Augen kreisten den Rand des Glases ab. Es dauerte eine Minute, bis der zufällige Blick zur rechten Hand ihn erlöste.

»Ich werde wohl alt.«

Er sah sich um, ob Isolde auch nichts mitbekommen hat, das wäre peinlich.

8.00 Uhr

Das gemeinsame Frühstück fing im Schweigemodus an.

Bis Isolde das Wort ergriff: »Was ist? Du bist so ruhig. Hast du schlecht geschlafen?«

Isolde saß ihm gegenüber. Ihr langes Haar hatte sie zu einem Dutt hochgesteckt, von einem Haarnetz gehalten, von langen Nadeln durchbohrt, deren Enden kleine Schmetterlinge zierten. Es wirkte fernöstlich. Fehlten nur die schmalen Mandelaugen. Es machte ihr Gesicht herbe. Sie sah ihn herrisch an. Genaugenommen musterte sie ihn. Seine Lippen, die schweigsam auf einander ruhten, hatten kein Lächeln, nicht das kleinste Schmunzeln, ein untrügliches Zeichen für Kopfgewitter. Sie hatte nicht das Sagen auf dem Hof, aber stets das letzte Wort, darauf achtete sie akribisch. Sie kannte ihren Heinrich-Jürgen sehr genau, wenn der auch für gewöhnlich nie viel sagte, das hatte er sich über die Jahre mit ihr abgewöhnt, aber nichts zu sagen war immer ein Alarmzeichen.

Das Frühstücks-Ei wurde an diesem Morgen mit besonderer Schlagkraft und zielbewusst gemeuchelt. Von Isolde war nun Zungenfeingefühl gefordert, ein falsches Wort, und ihr Heinrich-Jürgen würde in totaler wortloser Finsternis versinken – und das beherrschte er bestens, sich in sein Schneckenhaus zurückzuziehen und den Schmollenden zu geben, eine seiner Begabungen, die er über die Jahre verfeinern konnte. Isolde rannte dann mit Worten gegen eine Tür, die Heinrich-Jürgen von innen mit schweren Bohlen blockierte, es war dann kein Vordringen mehr möglich. Isolde musste warten, bis er aus seinem Schneckengewölbe hervorkroch.

»Sag mir bitte, was dich bedrückt.«

Sie hätte gerne frauenüblich und ihrem Temperament schuldig theatralisch mit Ausschweifungen, Vorwürfen und in langen Sätzen das Gespräch geführt, was in der Regel sicherstellte, dass ihr auch der letzte Buchstabe zustand, aber ihr Gefühl sagte: *Fasse dich kurz.*

»Ich musste unser Erspartes einsetzen, um den Betrieb zu halten, aber nur zur Überbrückung«, flüsterte Heinrich-Jürgen. Dabei hob er kurz den Zeigefinger, ohne sie anzusehen. Sich schuldig fühlend bohrte er den Löffel in das unschuldige Ei. Mit stoischer Ruhe betrachtete Heinrich-Jürgen die gelb-weiße Matsche. Das zermalmte Eigelb glich seinem Leben. Was gerade noch im Einklang mit dem Universum war, war nun in einem chaotischen Zerfließen begriffen, halb gar, halb gekocht, er konnte und mochte seiner Isolde nicht in die Augen sehen.

Sie vermied normalerweise, mit vollem Mund zu reden, das war ein Ergebnis ihrer Erziehung. »Wasch?« Brotkrumen gepaart mit Speichel und Wurststückchen versprühend sah sie ihn an. Fehlte nur noch, dass ihr Flammen aus der Nase schossen. »Unser Erspartes? Unsere Altersreserve? Bist du von Sinnen?«

Heinrich-Jürgen schrumpfte um einen Meter. Er versuchte, seinen Mut wiederzufinden, den seine Isolde in den Jahren so gekonnt ausgehebelt hatte. Flüsternd begann er, um dann fester in der Stimme zu werden: »Es geht nicht anders, ich werde auch die Schafe verkaufen und Pachtland abstoßen, ist ja nur für einige Monate, dann sind wir wieder da, wo wir waren.«

Er versank sogleich wieder kleinlaut in seinem Stuhl. Der Löffel durchbohrte nun den Rest des Eierleibes.

Isolde holte Luft, Heinrich-Jürgen blieb sie weg.

»Pleite? Von einer Pleite in die nächste ist keine Lösung. Gib den Betrieb ab!«, schrie sie ihn an.

Dem Knecht und der Magd blieb das Brot im Halse stecken, sie sahen ihre Arbeit in Gefahr.

Das Schwert der Erlösung hatte Heinrich-Jürgen sich anders vorgestellt und überhaupt hatte er erwartet, Isolde stehe hinter ihm, nicht vor ihm, das Schwert in sein Gedärm bohrend. »Fang du auch noch an, kam es ungewollt aus seinem Mund, aus dem dabei Eiglibber tropfte.

Die Lautstärke hob sich. Der Knecht und die Magd verließen vorsorglich den Tisch. Einen Streit hatte es schon oft gegeben, das gehörte irgendwie zur Hausordnung – wegen dem Haushaltsgeld, das in der Regel zu knapp bemessen war, oder der Tank war leer –, aber dieser Streit hatte etwas Elementares, war von einer Bedeutung getragen, die jeden betraf. Und diese Lautstärke und Wut, die neu waren, mussten jedem Angst einflößen. Alleine das Wort *aufgeben* ist so schwerwiegend, dass es Beklemmungen auslöst.

Heinrich-Jürgen verließ den Tisch mit Murren. Das machte er immer, wenn es ihm an Argumenten mangelte, dann konnte er noch so sehr sein Hirn auswringen und quetschen: es kam nichts.

Aus dem Küchenfenster sah Isolde ihm nach, wie er zum Stall ging. Die Arme schlackerten lustlos nebenher, als würden sie jeden Moment abfallen. Sie machte sich Sorgen. Heinrich-Jürgen wäre nicht der Erste, der sich am Tau hängend von der Welt verabschiedete.

Noch vor Erreichen der Tür schnüffelte der Tüffel über seinen abgeschnittenen Gummislipper. Seine Laune war so mies, dass er fürchtete, die Milch könnte sauer sein, die am Morgen vom Melkroboter gemolken wurde. Das war ja das Schöne an der modernen Technik, sie nahm einem die Arbeit ab und sorgte nebenbei für schlaflose Nächte. Die Kühe jedenfalls, die ihn sonst mit einem freundlichen *Muh* begrüßten, sagten keinen Ton. Ihm war, als würden die mit ihren Klauen auf ihn zeigen und sagen: *Da ist er ja, der Versager.* Wenn es Tage gibt, an denen man sich scheiße fühlt, dann war dies sein Tag der Tage.

Von der Stalltür aus konnte er die Terrasse sehen, deren Umrandung er noch anstreichen musste. Das hatte er Isolde schon vor Wochen zugesagt. Sie hätte gerne ein helles Blau. Sie liebte Blau, nur nicht wenn er blau war. Er würde es streichen, beschloss er, das lenkte ab vom sorgenbeladenen Tag.

Den Nordfriesen ist es gelungen, das Streichholz zu erfinden. Dazu nehmen sie ein Stück Holz, es sollte gerne doppelte Handlänge haben und gut in der Hand liegen. Das tunkt man in einen Farbtopf und streicht damit die Farbe auf ausgewählte Gegenstände. Ein Streichholz eben, nur unkundige haben Borsten am Streichholz.

Donnerstag, 9.30 Uhr

Auf dem Weg zu seinen Freunden, die schon beim Bäcker warteten und bester Laune waren, begegnete Heinrich-Jürgen dem Postboten, der auch sofort in seiner Tasche zu kramen begann, er würde einen Weg sparen.

»Wenn du Rechnungen für mich hast, wirf die in den Müll.«

»Heute habe ich nichts für dich.«

Der Postbote war kein gebürtiger Friese, darum hatte er es eilig, stand unter Zeitdruck, bemerkte nicht, dass Heinrich-Jürgen Sorgen hatte. Der einzige Druck, der einen Friesen zum Rennen bringt, hat einen schönen Namen und heißt *Dünnpfiff*.

Vom Denken über die richtige Entscheidung zermürbt, betrat Heinrich-Jürgen den Bäckerladen. Seinen Kaffee hatte die Backsche bereits eingeschenkt und reichte ihn über den Tresen. Ohne ein *Moin*, was für Heinrich-Jürgen unüblich war, nahm er seinen Platz ein und stellte zwei Flachmänner neben seinen Kaffee.

»Sorgen?«, fragte der Pastor, der schon im Gehen begriffen war. Er wollte seine Brötchen noch einigermaßen warm nach Hause bringen.

Heinrich-Jürgen winkte mit einem »Ist egal« ab.

»Dich bedrückt doch etwas, du kannst uns doch nichts vor machen«, drängte der Pastor.

»Ich muss meine Schafe verkaufen. Dreißig Tiere habe ich, das wäre doch für dich eine gute Sache. Du betreust doch so viel Schäfchen, da sind dreißig mehr doch genau das Richtige.« Ein gequältes Lächeln, kaum sichtbar, mühte sich, seine Lippen zu überqueren.

Der Pastor ging ohne ein weiteres Wort.

»Will einer von euch?«

Heinrich-Jürgen blieb die Stimme weg, ihm war zum Heulen. Seine Tiere verkaufen, an denen sein Herz, seine ganze Freude hing, ging ihm an die Nieren. Er versuchte sich einzureden, es seien ja nur Tiere, aber nun da es sein musste, brannte seine Seele. Dass man Tiere so lieben kann, dass man in ein Loch fällt, wenn man sie abgeben muss. Die, die ihm wie vertraute Freunde die Sorge des Tages abnahmen, die auch schlechter Laune mit einem lustigen *Mäh* noch einen fröhlichen Touch geben konnten … dass er die einmal abgeben würde, hätte er nie für möglich gehalten. Die Schafe waren ein Kostenfaktor, das wusste er schon. Getadelt hatte er sich oft, da sie nur ein Hobby waren. Dass er mit ihnen redete, als seien sie mit Weisheit gesegnet, fand er selber albern, aber es beruhigte ihn, besonders wenn seine so geliebte Isolde ihm denn Marsch geblasen hatte. Nun, da er sich trennen musste, entdeckte er seine Liebe zu den Tieren aufs Neue. Die Hoffnung, einer seiner Freunde würde die Tiere nehmen, erfüllte sich nicht. Er wollte sie in guten Händen wissen. Er würde es sich nie verzeihen, müsste er den Schlachter rufen. Er blickte gedankenverloren sehnsuchtsvoll zur Frau hinter dem Tresen, ohne Ziel oder Inhalt.

»Nee, mein Bester, ich bestimmt nicht.« Mit beiden Händen wild abwinkend stand sie da.

Sie nicht wahrnehmend, schüttete er die Flachmänner in die halb geleerte Tasse.

»Musst du nicht noch Autofahren?«, ermahnte ihn Schornsteinfeger August Lohmann, der ihm gegenüber stand.

»Scheiß drauf, ist doch nun auch egal«, knurrte er und ergriff die Zigarettenschachtel seines Freundes Joachim Grimm. »Hier, sieh dir das an: auf der Zigarettenschachtel dieses Bild von dem Krebs zerfressenen Mund, siehst du das?« Heinrich-Jürgen hielt dem Schornsteinfeger die Schachtel vor die Nase.

»Ja, ich sehe es. Und was geht mich das an? Ich bin notorischer Nichtraucher.«

»Jaja, schlimmer geht's kaum, aber hast du schon mal auf einer Tafel Schokolade ein Foto mit vom Karies zerstörtem Gebiss gesehen? Nein, hast du nicht.«

Heinrich-Jürgen versuchte seine Wut in neue Bahnen zu lenken, weg von seinem Problem. Ohne abzusetzen, goss er den Pharisäer ohne Sahne in seinen Schlund.

»Du hast aber eine Laune heute Morgen«, sagte Herbert Johansen und bestellte noch eine Runde Kaffee.

»Ach, lasst mich doch in Ruh. Ihr könnt euren Betrieb halten. Ich muss aufgeben, das wird mir immer deutlicher. Hat noch einer einen Flachmann dabei?« Er sah einmal in die Runde.

»Nee, mein Bester, saufen ist keine Lösung und wenn Isolde das merkt, kracht es im Gebälk, muss ich dir nicht erklären«, machte Joachim Grimm ihm deutlich und legte seine Hand auf Heinrich-Jürgens Schulter. »Warum denn so übereilt? Der afrikanische Kontinent ist doch auch noch da, was brauchen wir die Chinesen? Und staatlichen Zuschuss bekommst du doch auch«, meinte Herbert Johansen.

»Klar«, mischte sich die Backsche ein. »Den armen Bauern in Afrika den Markt kaputt machen, das sieht euch ähnlich.«

»Halt du dich da raus, du hast doch keine Ahnung, um was es geht, es geht um unsere Existenz, um Haus und Hof, um Arbeitsplätze – letztendlich auch um deinen«, herrschte Heinrich-Jürgen die Frau wutentbrannt an.

Die Ärmste bekam das, was für Isolde bestimmt war ab und Heinrich-Jürgen war es etwas leichter, hatte er doch noch seinen Auftritt.

Ein leises Hinhauchen von Worten drang von der Tür in den Laden:

»Heft mir maf einer über die Stufe«

»Tönnsen, du alter Schlawiner, sag doch was.«

Zwei Mann halfen ihm.

»Ich gröfle mir die Seefe aus dem Feib und ihrf pfauderft einfach weiter«, schimpfte Tönnsen.

»Na komm, mein Bester, hier hast du erst einmal deinen Kaffee, wirst sehen, dann geht es dir besser.« Die Bäckerin reichte ihm die Tasse.

»Mafst mif noch ein Käsebrötfen.«

Böse Blicke warf Tönnsen dem Schornsteinfeger zu.

»Was ist?«, fragte der genervt.

»Du hafst mir meinen Keffel stilfgefegt.« Tönnsen hob seinen Gehstock.

»Dein Kessel ist kaputt, der zieht falsche Luft und kann die Werte nicht mehr erreichen. Ich habe es dir bei jeder Messung gesagt ich kann es nicht mehr tolerieren. Ich bin verpflichtet, das Ding stillzulegen, so leid es mir auch tut. Ich weiß, du bist ein armer Rentner, aber Vorschrift ist Vorschrift. Wenn einer ein Loch in den Deich gegraben hätte, würdest du auch durchgreifen, also lass mich in Ruh und trink deinen Kaffee. Ich geh.«

»Morgen werde ich meine Schafe verkaufen, ich könnte mich besaufen, so mies fühl ich mich.« Heinrich-Jürgen sah in seine Tasse, als suche er eine Antwort. Er zog mit der Nase den Restduft vom Schnaps ein – nur nichts umkommen lassen.

Keiner sagte etwas, alle ahnten wohl seine Seelenpein.

Freitag, 17.06.
Der Freitag war gekommen und forderte den Tag für sich. Das Wetter war klar und warm. Auf dem Hof von Heinrich-Jürgen herrschte reges Treiben der Tierhändlers Rüdiger Petrovskje, Sohn eines russischen Kriegsgefangenen, der zwanzigjährig in Gefangenschaft geriet und während diese als billige Arbeitskraft in der Erntezeit auf den Höfen in Ostpreußen eingesetzt war. Dort verliebte er sich in eine Deutsche, die seine Zuneigung erwiderte. Trotz Anfeindungen und Beschimpfungen hielt die Beziehung, und beide gingen mit auf den Treck; nach dem Krieg wurde geheiratet, sie landeten in Schleswig-Holstein, lebten beide bereits nicht mehr, aber Rüdiger und zwei Schwestern als Ergebnis ihrer Liebe – und eines dieser Ergebnisse holte nun Heinrich-Jürgens Schafe. Das zeigte, dass das Leben eines jeden Einzelnen im Grunde die Folge internationaler Kausalitäten ist.

Weinend verlud Heinrich-Jürgen seine Schafe; er übernahm das Verladen selbst, so konnte er sich von jedem Schaf einzeln verabschieden. Die Schafe blökten durcheinander und weigerten sich, die Rampe zu erklimmen, das machte die Sache noch schwerer.

Isolde sah dem Specktakel aus der Ferne zu. Ihr von Vernunft gesteuertes Hirn sagte: *Endlich sind die Kostgänger weg.* Ihr liebendes Herz aber blutete mit dem von Heinrich-Jürgen. Ihrer beider Leben, die sich nur und ausschließlich um den Hof drehten, nahmen eine Wendung in eine ungewisse Zukunft. Und doch musste es weitergehen. Beide sahen dem Transporter beim Verlassen des Hofes mit gemischten Gefühlen nach.

Die Mutter von Heinrich-Jürgen war eine Frau, die für ihr hohes Alter noch gut zu Fuß war. Sie kannte, das ist belegt, den alten Kaiser Wilhelm II noch, der 1941 in Holland starb – das hatte sie allerdings längst vergessen.

»Mutter, wir müssen noch in die Stadt, nach Husum, einkaufen. Der Tierarzt kommt auch noch, der soll die Kuh Lotte besamen. Die steht noch im Stall. Magst ihm zeigen, wo sie steht?«

Seine Mutter hatte eine kleine Wohnung im Wohnhaus, die als Ferienwohnung gedacht war, wenn die Alte mal gestorben sei, aber die war zäh und ging ihren eigenen Weg – am liebsten ungestört.

»Ist gut«, sagte sie, nahm ihr Nähzeug und setzte sich vor die Tür. So hatte sie den gesamten Hof im Blick.

Sie häkelte Socken für ihren Sohn, nur waren die in Kindergröße – sie hatte vergessen, dass die Zeit weitergeschritten war, und bewegte sich selber eher zurück.

Der Tierarzt fuhr auf den Hof.

Die Alte eilte ihm entgegen und rief mit ihrer schwachen Stimme: »Da im Stall ist die Kuh« Sie zeigte mit dem rechten Arm wedelnd auf das Gebäude.

Der Tierarzt kannte die Frau seit seiner Kindheit, auch sein Vater war als Tierarzt auf diesem Hof im Einsatz. Er war schon als Kind mit und hatte dann die Praxis von seinem Vater übernommen, aber die Frau erkannte ihn nicht mehr, vergaß von einem Monat auf den nächsten einen Teil der Welt.

Er ging in den Stall, sie wackelte hinterher.

»Da hinten steht sie«, ihre Hand hob sich in Richtung Vieh.

»Ja, ich sehe, es ist ja auch die Einzige im Stall«

»In der Küche ist Wasser, wenn sie sich die Hände waschen möchten.«

Er nahm das Angebot an, sie blieb bei der Kuh stehen.

Der Tierarzt kehrte zurück und sie lächelte mit einem seltsamen Ausdruck in den Augen. *Führt die etwas im Schilde?,* fragte er sich.

»Soll ich ihre Hose halten?«, fragte die Alte und ihr Grinsen wurde noch breiter.

Der Mann sah sie verwundert an.

Die Alte blieb und erwartete wohl einen Herrenarsch in Bewegung zu sehen, denn ihr Grinsen verwandelte sich in einen lüsternen Ausdruck. Als der Arzt seinen Besamungshandschuh überzog und das Röhrchen mit dem Samen in die Kuh einführte, ernüchterte sich das Gesicht der Frau.

»Nun verstehe ich, warum der Bauer keine Kinder hat. Meine arme Schwiegertochter, da hätte ich auch keine Lust zu.« Kopfschüttelnd ging sie.

Nachdem der Arzt gegangen war, ging sie nochmals zur Kuh und klopfte sie und streichelte sie zur Beruhigung. »Bist um deinen Spaß betrogen worden, du armes Vieh, sagte sie verständnisvoll.

Sie ging wieder an ihr Häkeln und schmunzelte. Leise sagte sie: »Mann, haben wir früher einen Spaß gehabt. Wenn die jungen Leute von heute wüssten, was ihnen entgeht.«

Heinrich-Jürgen hatte sich echt abgemüht, um seinen Kinderwunsch zu erfüllen, es wurde aber nichts. Das gesamte *Kamasutra* hatten die beiden durch – ohne Erfolg. Isolde war fest davon überzeugt, dass Heinrich-Jürgen mit *hohlen Granaten* feuerte, sie sagte es ihm aber nicht; über Dinge, die im Bett stattfanden, sprach man nicht.

Man kannte sich im Dorf. So war da ein Bauer mit sieben drallen Kindern, den fragte sie mal um Beistand. Der Beste hatte mehrere Raketen abgefeuert, aber auch ohne Ergebnis. Eigentlich war ihm die Aufgabe auch wichtiger als der Erfolg. Seine Startrampe musste oft herhalten. Dass ihre Kinderlosigkeit an ihr liegen könnte …? Gedacht, ja gedacht hatte sie das schon, aber für absolut unmöglich erklärt.

Es ging über die Umgehung nach Husum, das Abbiegen auf die Flensburger Straße ging ohne Warten, im Kreisel die erste rechts raus, am Chinesen vorbei, gleich wieder rechts rum und dann nach links auf den Parkplatz vom Einkaufscenter. Sie sprachen während der Fahrt nicht viel, nur »Scheiß Wetter« oder: »Hoffentlich kommt Oma mit dem Arzt zurecht.«

Isolde ging vor Heinrich-Jürgen, holte einen Einkaufswagen und wartete im Gebäude auf ihn.

»Lass uns einen Kaffee trinken, bevor wir einkaufen. Möchtest du einen Kuchen? Oder Gebäck?«

Isolde erkannte ihren Mann nicht wieder, Kaffee und Kuchen hatte er ihr noch nie angeboten, immer rein, durch und raus. »Ja, einen Becher Kaffee würde ich gerne nehmen, danke.«

Sie setzte sich ans Fenster, Heinrich-Jürgen holte die Getränke. ER setzte sich ihr gegenüber.

Eine Weile der Stille, dann ein Gedankenausbruch von Heinrich-Jürgen: »Wann haben wir unser Leben aus der Hand gegeben?«

»Äh … ich verstehe die Frage nicht.«

Isolde sah ihn an wie ein Auto, dessen Batterie entladen ist. Gedanken – ausgesprochen von ihm … das war neu und überraschte sie.

»Wir sind nun schon 35 Jahre verheiratet, haben alle Zeit auf dem Hof verbracht und für den Hof verwendet. Ab welchem Punkt hat uns der Hof in Besitz genommen? Ab wann waren wir nur noch in der Tretmühle gefangen?«, setzte er nach.

»Bereust du, dass du den Hof übernommen hast? Das war doch dein Traum, dein Leben?« Sie ergriff seine rechte Hand und sah ihn ratlos an.

»Die Schafe, versteh mich bitte nicht falsch, waren mein Ein und Alles. Ich habe eine Menge Zeit mit den Tieren verbracht und ich habe mich wohlgefühlt, das ja, aber nun, da die Tiere weg sind, spüre ich, dass ich Zeit für mich gewonnen habe und ich will diese Zeit nicht verlieren, indem ich mich weiter vom Hof vereinnahmen lasse, ich werde den Betrieb abgeben, sobald ich einen Interessenten gefunden habe. Ich vermisse die Tiere mehr als ich dachte, aber ich fühle mich gleichzeitig befreit, ist doch unlogisch, oder?«

»Ich muss mal aufs Klo.« Isolde brauchte nun eine denkruhige Zone.

Sie hatte ihn mit Nachdruck gedrängt aufzugeben und nun, da er es auch wollte, war ihr schwer ums Herz. Auch ihr Leben steckte in jedem Milchtropfen. Und jede Minute, die der Trecker brummte, ging auch ihre Zeit durch den Auspuff.

Heinrich-Jürgen holte sich noch einen Kaffee. Die Frau hinterm Tresen, mit ihren hellen blonden kurzen Haaren, reichte ihm den Becher. Mit einem freundlichen Lächeln fragend, ob er noch etwas möchte, sah sie ihn an. Dieses Lächeln war eine Entschädigung für ein Leben voller Mühen und Plagen. *Ich hätte viel öfter an mich denken müssen,* das wurde ihm in diesem Moment klar. Dieses Lächeln war ein Sonnenaufgang in seinem dahindümpelnden Dasein.

Nordfriesland, 15.08., 9.00 Uhr

Heinrich-Jürgen war zur Bank bestellt, seine finanzielle Lage erörtern.

»Da bist du ja«, sagte der Mann des Geldes.

»Ihr habt mich herbestellt, also zur Sache.« Heinrich-Jürgen war sauer, er fühlte sich verarscht. Dass sein Freund und Berater nur nett sein wollte, ging in seiner aktuellen Gefühlslage unter.

»Ich hatte dir ja versprochen, dass ich mit dem Vorstand deine wirtschaftliche Situation besprechen würde, um eine Lösung für dich zu suchen. Möchtest du einen Kaffee oder ein Wasser?« Der Bankmann versuchte, ruhig zu wirken, aber sein Gesicht sagte schon, was kommen würde. »Also … in Anbetracht der Summe und deines Alters ist die Bank zwar bereit, deinen finanziellen Spielraum zu vergrößern, aber unter der Bedingung, dass du einen Bürgen beibringst.«

»Das ihr mir damit das Genick brecht, ist doch logisch. Wer soll denn für mich bürgen? Was ist mit dir? Wir sind doch schon von Kindesbeinen an befreundet.« Heinrich-Jürgen war kurz vorm Platzen.

Der Mann des Geldes winkte ab. »Würde ich ja machen, doch ich habe meine eigenen Sorgen. Aber danke für dein Vertrauen.«

»Nun gut, dann bleibt mir keine Wahl. Ich gebe den Betrieb auf, mein Erspartes habt ihr ja schon. Mit dem Erlös von dem Verkauf der Schafe gleiche ich mein Girokonto aus. Isolde wird mich erschießen. Kann ich nicht wenigstens meinen Dispo erweitern?«

»Wenn es nach mir ginge, ja, aber mein Arbeitgeber sagt da Nein. Und im Vertrauen gesagt: Du würdest dich nur tiefer reinwirtschaften.«

Dass Heinrich-Jürgen in seiner Seele bereits die Aufgabe seines Betriebes beschlossen hatte, sagte er nicht, da er noch an einem Strohhalm hing. Die Hoffnung stirbt nun mal zuletzt. Und seinen Freund, der nun auch noch Nein sagte, ins Vertrauen zu ziehen, hatte er nicht vor. Er wusste vor dem Betreten der Bank um das Nein und doch beklemmte es sein Herz.

Vor dem Gebäude atmete er tief ein und bewusst aus. Ihm war schlecht. Zu sagen *Ich gebe auf* ist einfacher, als es zu tun.

9.45 Uhr beim Bäcker

Heinrich-Jürgen betrat den Laden mit einem Gesicht, das sich vor sich selber fürchten würde.

»Na, hast dich mit deiner Isolde gestritten?«, fragte der Schornsteinfeger August Lohmann.

Mit einem Schlenkerer aus dem Handgelenk winkte Heinrich-Jürgen ab. »Machst du mir einen Mokka, schön stark?«

»Muss ich erst noch machen.«

Die Runde war bereits komplett und Heinrich-Jürgen gesellte sich schweigend dazu, ohne ein *Moin*.

Der Pastor betrat das Café. »Moin, ihr Ungläubigen.«

»Moin, Paster!«

Der Pastor stellte sich, nachdem er seine Bestellung aufgegeben hatte, neben Heinrich-Jürgen. »Ich habe da womöglich einen Interessenten für deinen Betrieb, ein junger Student, der auf Ökolandwirt macht und dringend einen Hof sucht. Ich habe ihn vorbereitet auf dich, denn du bist ja nicht immer ganz einfach zu nehmen.«

»Ihre Bestellung ist fertig«, rief die Frau hinterm Tresen.

Der Pastor gab Heinrich-Jürgen einen Zettel mit Name und Anschrift und ging ohne ein weiteres Wort.

Eigentlich lebten er und seine Isolde ein beschauliches Leben: Kühe, ein paar Schweine für den Eigenbedarf, Hühner, wegen der Eier, und Enten zu Weihnachten: Und wie jedes Jahr zwanzig Gänse für Freunde und Bekannte. Zu sehen, wie die Ferkel wuchsen, um dann im Ofen als Braten zu dampfen, war okay. Ärgerlich wurde Heinrich-Jürgen, wenn er die Schuhe seiner Mutter aus dem Backofen holen musste, da die bei 180 Grad zu riechen begannen. Und passen taten die dann auch nicht mehr, dann hieß es *los und neue besorgen*. Das war immer ein Graus, mit der alten Dame in die Stadt. Sie kannte keinen und doch alle. Mit jedem, der ihr über den Weg lief, fing sie ein Gespräch an, von früher: »… und den kennst du doch auch …« Wenn Heinrich-Jürgen die Alte nicht am Kragen hinter sich her zog, würden sie ihr Ziel nie erreichen.

Auf einem Schemel sitzend sah er ihr beim Anprobieren der Schuhe zu. Wie glücklich sie da dreinblickte, einem Kleinkind gleich, das die ersten Schuhe in seinem Leben anprobierte. Die Welt vergessend saß sie da. Die Last der Vergangenheit abstreifend: den schmerzhaften Verlust vom Ehemann, die Sorgen um den Betrieb, den aufdringlichen Nachbar, der ihr nachstellte, nur den Hof haben wollte und sie als leichte Beute betrachtete … Den Betrieb nach dem Krieg durchzubekommen war nicht einfach, der Vater war im Felde verschollen. Die Last der Vergangenheit war aber im Schuhgeschäft davongeblasen, ein glückliches befreites Lächeln überzog ihr Gesicht. Tag der verbrannten Schuhe.

Dass sie Alzheimer hatte, wusste sie nicht, das hat sie auch vergessen. Die Last hatten Heinrich-Jürgen und Isolde. Sie hatte auch ihre wachen Momente, aber die wurden immer weniger. Der Tag, an dem es ins Heim ging, nahte und es tat ihm weh. Vieles mit ihr war fast zum Lachen, nur so recht alleine lassen mochte sie keiner mehr. Zum Glück waren der Knecht und die Magd zur Stelle, wenn es eng wurde. Und doch ging es nicht anders, der Hof forderte seinen Preis.

Beim Verlassen des Schuhgeschäfts fragte Heinrich-Jürgen: »Was hältst du von einem Eis?«

Und sie: »Ja, mein Junge, das könnte ich gut haben.«

In der linken Hand die Tüte mit ihren neuen Schuhen, in der rechten ihren Heinrich-Jürgen. Er wusste nicht: Hatte er ein kleines Kind oder seine Mutter an der Hand? Sie hüpfte geradezu vor Freude. Er wusste: Gab er den Hof ab, musste sie ins Heim.

Er fühlte sich nun schon, als würde er sie verraten. Er wäre der Letzte der Familie auf dem Hof, in dem die Arbeit von unzähligen Generationen steckte.

Sie gingen ein Stück die Großstraße entlang und dann durch eine Passage zum Hafen, er saß gerne am Hafen mit Blick auf die Boote. Besonders bei Flut, dann roch es auch nach Wasser und nicht nach Schlick. Das Eis wurde serviert, er hatte große Portionen bestellt, trotz seiner Probleme.

Auch Probleme lösen die Friesen spontan und ohne Skrupel. Sollte ein Tau mal an einem Ende zu kurz sein, so schneiden sie hinten ein Stück ab und Knoten es vorne wieder an.

Heinrich-Jürgen konnte unlängst beobachten, mit welcher uneingeschränkten Kompetenz das Friesenhirn Probleme erkennt und beseitigt. Zwischen zwei Löffel Eis tauchte die Geschichte in seinen Gedanken auf. Er sah sie vor seinen Augen lebendig werden und schmunzelte:

Auf dem Parkplatz des Supermarktes in Breklum, im Auto sitzend, auf Isolde wartend, bemerkte Heinrich-Jürgen einmal, dass der Unterstand für die Einkaufswagen leer war und die Ketten, mit denen die Wagen an den Rahmen befestigt wurden, entfernt waren, warum auch immer. Das bedeutete, der Kunde, der seinen Wagen in den Unterstand einbringen wollte, konnte seinen Chip nicht auslösen.

Da trabte auch schon das erste Opfer herbei. Erst zum Auto, die Einkäufe entladen, und dann ab zum Unterstand. So um die 50 Jahre. Ein von gelangweilt zu fassungslos gleitendes Gesicht hat seinen Charme der besonderen Art. Keine Kette, was mochte das bedeuten? Ihre Augen wanderten unentwegt am Rahmen des Unterstandes entlang – da musste doch … aber wo? Nichts zu machen, auch bei noch so genauem Hinsehen: Es fehlten die Ketten und wuchsen nicht nach. Es war an ihrem Gesicht abzulesen, wie das Friesenhirn nach einer Lösung suchte. Da aber keine Forke oder Gatter zur Verfügung stand, war das Denken eingeschränkt. Da nahte ein Mann mit seinem Einkaufswagen, der sich bereits jenseits seiner 50er befand, also deutlich mehr Lebenserfahrung mitbrachte.

Doppelte Denkleistung bahnte sich an. Der Mann schob seinen Wagen in ihren und machte Anstalten, dem Ort der Verzweiflung zu entweichen. Er entnahm seinen Chip. Im Gesicht der Frau war nun der Verdutzung ewiger Klang zu sehen. Er hatte seinen Chip, sie ihren aber nicht. Gestenreich wurde dem Davonstrebenden die missliche Lage erklärt. Verständnis erweichte sein Gesicht. Es wurden die Positionen der Wagen gewechselt. Kein Problem der Welt, das ein Friesenhirn nicht lösen kann, oder?

Da stimmt doch etwas nicht! Der Mann stand da und grübelte, mit den Worten »So geht es nicht« wurden die Wagen erneut getauscht.« Nun standen da zwei Friesen, sahen sich an, sahen die Situation an und Rauch drang aus ihren Ohren.

Ein Dritter nahte mit seinem Wagen. Was zwei Gedanken-Akrobaten nicht schaffen, schafften drei doch allemal. Der dritte schob seinen Wagen in die sich gebildete Reihe und wollte davoneilen. Kurze Debatte und nun wurden alle Wagen wieder erlöst und in einer neuen Ordnung angeleint, aber einer war eben immer der Dumme. Die beiden Herren entschieden sich, ihren Chip zu nehmen und zu gehen. Sie blieb stehen. Man sah dem Wagen an, dass der den Chip nicht hergeben würde.

Es brauchte eine Weile, bis sie begriff, dass sie die Dumme war. Aber so sind Friesen eben, suchen auch da noch nach Lösungen, wo andere längst aufgegeben hätten.

Da saß er nun mit seiner Mutter am Hafen, der Welt etwas entrückt, er war gerne am Hafen. Doch es fehlte die Zeit. Nicht dass er den Hafen sehen musste, nicht dass er mit der See im Einklang wäre, aber Schiffe hatten ihren eigenen Reiz. Die Ferne, das Unbekannte, die Abenteuer, das verklärte Bild der Hafenromantik aus den Filmen mit Hans Albers, all das hatte ihn als Kind schon immer in den Bann gezogen. Im Husumer Hafen lagen nun aber keine Überseepötte, nur kleine Segler.

Er hatte sich vorgenommen, seiner Mutter in aller Ruhe die Lage zu erklären, dass sie in absehbarer Zeit in ein Heim müsste. Aber er hatte die Kraft nicht. Mit schlechtem Gewissen sah er sie an. Das Eis wollte ihm nicht schmecken.

»Ich habe eine Idee. Wir fahren zum Außenhafen und kaufen uns ein paar Fische, direkt vom Kutter.« So versuchte er, seine Gefühle zu umschiffen.

Am Außenhafen angekommen, versperrte ein Feuerwehrmann die Zufahrt. Der Notarzt rauschte mit Blaulicht, gefolgt vom Kampfmittelräumdienst vorbei. Heinrich-Jürgen wurde gebeten weiterzufahren.

Er fuhr zum nächstgelegenen Parkplatz, nahm seine Mutter und näherte sich vorsichtig der Absperrung. Er fasste seine Mutter mit festem Griff, aus Sorge, sie würde in dem Durcheinander verloren gehen. Das Befragen der Umstehenden ergab keine Klarheit. Von *Arm gebrochen* bis *aus dem Mast gefallen* wurde ihm alles geboten. Heinrich-Jürgen erblickte einen Schulfreund.

»Die haben eine Giftgasgranate aus der See gezogen und der Decksmann hat sich leicht verletzt. Der Kampfmittelräumdienst beseitigt die Granate.«

Das war eine Antwort, die ihn erschütterte. Ihm war, als würde er persönlich betroffen sein.

»Ich brauche einen Kaffee, komm, Mutter, wir gehen.«

Und es ging zurück in die Stadt.

Wie er so seinen Kaffee trank, dachte er an Hof und Lösung, verlor dabei seine Mutter aus den Sinn. Ein Schimpfen riss ihn aus seinen Gedanken. Da war seine Mutter zum Nachbartisch gegangen und stopfte sich deren Kuchen in die Backen. Nordfriesen-Backen können unter Umständen sehr dehnbar sein. Heinrich-Jürgen eilte hin, um weiteren Schaden abzuwenden. Der Kellner stand dazwischen, beschäftigt mit der Frage, ob er weggehen oder sich einmischen sollte.

»Entschuldigung«, sagte Heinrich-Jürgen und zerrte seine Mutter unsanft mit sich. Er winkte den Kellner herbei. »Was macht es? Auch das Gedeck vom Nachbartisch geht auf mich.«

»Zwölf Euro bitte.«

Heinrich-Jürgen gab ihm 15. »Stimmt so«, dankte er mit einem freundlichen Lächeln.

Heinrich-Jürgen wollte seiner Mutter die Meinung geigen. Leider war er unmusikalisch, so gab er ihr noch einen Kaffee mit Kuchen aus.

Am Nachbartisch waren Urlauber bei der Tagesplanung, recht laut – entweder unbedacht oder beabsichtigt. Heinrich-Jürgen jedenfalls fühlte sich gestört, aber bei dem Wort *Helgoland* wurde er hellhörig. Er war noch nie auf Helgoland. In diesem Moment keimte in ihm der Wunsch, nach Helgoland zu fahren. So fragte er nach. Die Antwort: *9 Uhr ab Hamburg geht der Katamaran.* Nun hieß es, Isolde davon zu überzeugen. Pleite, aber eine Seefahrt planen – das sah ihm ähnlich.

Auf dem Hof angekommen sagte seine Mutter: »Das war ein schöner Tag, danke, mein Sohn, auch für die Schuhe.« Sie streichelte seine Wange, so wie sie es schon immer getan hatte.

»Gerne, Mutter, aber nicht wieder in den Backofen stellen.«

Kapitel 3

Der Deich als Bauwerk – ein Blickversperrer auf die See und Schutzwall gegen das Ungetüm von Wasser, das so trügerisch seicht ans Ufer plätschert und einen auf unschuldig macht.

»Du hast Rungholt verschlungen und Tod über die Bewohner gebracht!«, wirft man der See vor.

Die lehnt sich zurück und sagt mit hochgezogenen Brauen. »Wer? Ich? Nein, können diese Wellen jemandem wehtun? Ich beileibe nicht.«

Und dann plätschert sie davon, als sei nie etwas gewesen. Dieses unberechenbare Monster wartet nur auf eine Gelegenheit, wartet, um übers Land zu ziehen und über jeden und alles seine nasse Masse zu werfen und seinen Anspruch auf das Land geltend zu machen. Es wird gerne vergessen, dass da, wo heute Schleswig-Holstein ist, einst die See war – und die ist nachtragend.

Der Deich ist letztendlich ein sinnvolles Gebilde. Ein Horizont im Gelände.

Der *geistige Deich* ist der Horizont aller Denkbegabten und dient als Blickverberger auf fremde Realitäten. Auch nicht Begreifbares wird durch diesen Horizont abgewehrt.

So hat auch Heinrich-Jürgen seine Denkgrenze, die er nie über-schreiten mochte, er konnte nie und wollte nie über sein Landwirts-Dasein auch nur eine Frage stellen oder zulassen. Jeder hat einen anderen Deich. Es muss nicht zwangsläufig ein Bauwerk sein. Für den Bayern sind es die Berge. Für Heinrich-Jürgen ist es der Deich, an dem seine Welt endet. Er ist das Erste, was er sieht, wenn er morgens beim Frühstück aus dem Fenster guckt: der Deich – er ist da und die Welt um ihn in Ordnung.

Durch die aktuellen Ereignisse ist sein Horizont jedoch ins Wanken geraten, sein Deich hat Löcher bekommen, durch die die Realität in sein Leben sickert, die Politik und das Verpassen notwendiger Ver-änderungen – auf *Bio* umzustellen wäre ein Schritt gewesen, aber er verstand nur *desto mehr, desto besser* und hatte von 50 Kühen, wie sein Vater, auf 150 aufgestockt. Ein physikalisches Gesetz besagt: Je höher ein Objekt wird, desto eher kippt es um. Er musste nun über seinen Deich hinaus denken. Ihn schmerzte der Gedanke, sein Land verlassen zu müssen.

Jetzt sah er sein Land, die Kühe … roch den Duft der Weiden, den er besonders intensiv nach dem Regen spürte und dann mit ge-schlossenen Augen langsam durch die Nase atmend aufnahm – selbst der intensive Geruch des Kuhmistes hatte mit einem Mal eine Bedeutung. Alle Grenzen stellte er nun infrage. Langsam bemerkte er das beklemmende Gefühl, zwischen den Deichen eingeengt und beschränkt zu sein; selbst auf dem Weg zum Stall schaute er nur auf seine Füße, auch dieser Weg war eine Denkgrenze.

Der Druck – bei aller Freude, den ihm seine Tiere gaben – einen Schritt weiter zu gehen, über den Deich zu schauen, im übertragenen Sinne, war gewaltig, neu und beängstigend zugleich.

Den Zettel, den ihm der Pastor gab, hatte er oft in die Hand genommen, die Nummer, die drauf geschrieben war, wählte er mit Bauchweh und zittrigen Fingern. Noch bevor er die letzte Zahl wählte, legte er den Hörer immer wieder auf.

Er ging zum Fenster, es war mehr ein Schleichen, die Füße schabten über den Teppich. Er sah nicht das Fenster, er sah auch nicht nach draußen, er starrte stupide vor sich hin. Da stand er nun mit seinem Gedanken in einer ungewissen Zukunft.

Isolde, die in einem Sessel saß und die Zeitung nach Jobangeboten absuchte, wurde nörgelig: »Mach schon und ruf an.« Es war nicht als Bitte formuliert. Es war eine Aufforderung – es war der unvermeidliche Gang zum Schafott.

Heinrich-Jürgen warf ihr einen zornigen Blick zu, aber er folgte, da er um das Unvermeidliche wusste. Die Wende war dann auch eher halbherzig und es war auch ein Schleichen zum Telefon, kein eiliges Gehen.

Bevor er den Hörer in die Hand nahm, sah er Isolde an, die nur mit dem Kopf, ohne ein Wort zu sagen, eine klare Bewegung machte.

Am anderen Ende erklang ein »Hallo«.

Heinrich-Jürgen begann mit Schweigen, es war schweres Atmen, das er durch den Hörer sandte. Ein erneutes »Hallo, wer ist denn da?« und der unablässige Blick von Isolde öffneten seinen Mund. Er begann mit seinem Namen, um dann sein Anliegen zu erklären. Das Gespräch, das erst zögerlich begann, hatte zunehmend befreiende Wirkung. Es veränderte alles. Es war ein Licht, das nun seine dunklen Gedanken erhellte, es war wie ein Sonnenstrahl, der durch eine dicke, pechschwarze, geschlossene Wolkendecke drang, dem Erwachen in einem fremden Zimmer gleich, in dem es drei Türen gab, aber nur einen Weg, den man gehen konnte.

Es folgte der Vertragsabschluss. Die Brille, die Heinrich-Jürgen beim Unterzeichnen trug, brauchte eine Regenrinne – es war der einsamste Tag in seinem Leben. Sein Leben verlor sich in dem Gewirr von Paragrafen und verwinkelten Formulierungen, mit zittriger Hand kurvte der Kuli übers Papier, die Unterschrift war mehr dahin gekrakelt als geschrieben, aber gültig.
Beim Abgeben des Haustürschlüssels weinte er auch.
Beim Verlassen seines Hofes blieben die Augen solange im Rückspiegel, bis der Hof nicht mehr zu sehen war, das war der Moment, in dem sich die Tür der Vergangenheit für ewig schloss.
Isolde sah ihn lächelnd an, legte eine Hand auf seinen Oberschenkel und sagte zärtlich: »Wir werden das schaffen.«
Er sah vorwärts durch die Frontscheibe ins Ungewisse und antwortete mit fester Stimme: »Ich weiß, dass wir es schaffen!« Es folgte eine Träne und, mit einem Seufzer und einem tiefen Atemzug: »Ich bin froh, dass es vorbei ist. Nicht dass ich den Hof verloren habe, nein. Froh, dass es vorbei ist und eine neue Zukunft beginnt.«
Heinrich-Jürgen sah Isolde an und beide hatten ein erzwungenes Lächeln auf den Lippen.
Neugierig werdend auf die Welt, die sich anbot, um entdeckt zu werden, trat Heinrich-Jürgen aufs Gaspedal.

Freunde halfen bei der Arbeitssuche, die Geldsorgen, die üblicherweise den Tag bestimmten, waren bald vergessen und die neuen Aufgaben mit Urlaub und Lohnfortzahlung im Krankheitsfall hatten eine beruhigende Wirkung.

Die ersten Monate hatten es in sich, aber nun hatte der Alltag Einzug gehalten und die Planung des Lebens Fahrt aufgenommen. Nun war er bereit, sich zu fordern, sich zu verändern. Isolde, die ebenfalls an der Scholle klebte, aber mehr zur realen Weltsicht neigte, stand voll auf seiner Seite.

Blieb nur die Frage, wie das der Oma beibringen, denn sie würde nicht auf dem Hof bleiben können. Alte Bäume verpflanzen geht aber in der Regel schief. In einem langen vorsichtigen Gespräch, sehr einfühlsam, versuchte Heinrich-Jürgen, es seiner Mutter zu erklären. Sie verstand die Lage und auch, dass es keinen anderen Weg gab, nur hatte sie es nach dem Gespräch schon wieder vergessen.
Der Einzug ins Altersheim war für Heinrich-Jürgen eine seelische Quälerei. Auf dem Hof war sie allgegenwärtig ein Teil von allem gewesen, er hatte nun das Gefühl sie abzuschieben, sie im Stich zu lassen.
Seine Mutter war vom ersten Moment an begeistert, in der ersten Sekunde zu Hause, war sie doch nun bei ihren Freunden, von denen sie jeden kannte – und doch kannte sie nicht einen von den Bewohnern des Heimes. Er ging nicht aus dem Heim, nein, er flüchtete so schnell er konnte.

Der Hof war nun in neuem Besitz. Isolde und er bezogen eine Dreizimmerwohnung im vierten Stock, auf dem Konto war ein Guthaben, eine Arbeit bei einem Lohnunternehmer hatte er auch. Er war aus der Landwirtschaft nicht raus, er hatte nun lediglich Feierabend und Wochenende und Urlaub. Es waren auch lange Tage in der Erntezeit notwendig, aber die Not war weg.
Isolde war für eine Reinigungsfirma als Putze in einer Schule beschäftigt und die Welt war mit einem Mal bunter, erschien ihm nun wie ein Weihnachtskalender.

Im Nachhinein bereut er den Schritt nicht. Was es nun in der Vergangenheit genau war, was ihn aus dem Tritt, aus der Gleichförmigkeit seines Lebens geraten ließ, wusste er selber nicht. War es die Wut über das Gespräch mit dem Bankmann? Die Milchpreise? Seine Isolde, die kein Verständnis zu haben schien? Die ewigen Geldsorgen, die sich in seinen rollenden Gedanken eingebettet hatten und jeden Tag zum Ermüden brachten, diese Gedanken, die wie Wellen an den Strand rollten, in seinem Hirn an die Stirn brandeten? Es war wohl auch die Wucht der Vergangenheit, die Summe der Fehler, die schon in den Generationen zuvor ihren Anfang genommen hatten, von ihm aber nicht aufgefangen wurden, er hatte sie auch nicht erkannt. Fehler haben die Angewohnheit sich anzupirschen, einen zu überholen und dann zu rufen: *Ich bin schon da.* Bei anderen würden die vergangenen Fehler auch noch zum Tragen kommen, da war er sich sicher, es dauerte nur einige Generationen länger. Auch das Wissen, die Gewissheit seinen Hof, seine gewohnte Welt verlassen zu müssen, trieb ihn an, er versuchte bis zum Schluss, noch eine Lösung zu finden. Aber heute, jetzt, war die Welt in Ordnung.

An diesem Morgen wurde das Frühstücksei längsgeteilt.

Nordfriesland, 22.08., 9.45 Uhr

Beim Bäcker am Tisch stehend, den Kaffee dampfend in der Hand, waren die Sorgen in der Zukunft. Leider kann man die da nicht dauerhaft zwischenlagern, man muss sich ihnen eines Tages, ob man will oder nicht, stellen.

Heinrich-Jürgen sah seinen Freunden beim Plaudern zu, lustige und weniger lustige Geschichten wechselten die Ohren. Er hatte nicht das Gefühl lächeln zu müssen, es wurde über Nachbarn und Urlauber berichtet.

»Mein Nachbar«, so erzählte Herbert Johansen, »müsst ihr wissen«, ein leichtes Lachen unterbrach für eine Sekunde seinen Bericht,

«... seine Garage steht genau auf der Grenze zu meinem Grundstück. Ich bin mit meiner Frau zum Einkaufen und wie wir nach Hause kommen, da ist mein Nachbar auf einer Leiter stehend von meinem Grundstück aus dabei, an seiner Garage etwas zu reparieren. Kann er ja auch ruhig machen, stört ja keinen. Als er uns nach Hause kommen sieht, klettert er die Leiter hoch aufs Garagendach, zieht die Leiter hoch, um sie dann auf der Rückseite seiner Garage, hinten, wohl bemerkt, nicht vorne – auch nicht die Leiter runter, untern Arm geklemmt und dann rüber auf sein Grundstück –, nein, also hinter der Garage wieder abzulassen und von dem Dach abzusteigen. Als hätte ihn einer gescholten.«

»Komischen Nachbarn hast du da, kann der nicht fragen?«

»Könnte der, müsste er nicht unbedingt, wenn er an seine Garage ran muss, ist ja in Ordnung, aber diese Aktion hättet ihr sehen müssen.«

Die haben vielleicht Sorgen, dachte Heinrich-Jürgen, kummerbeladen in seinen Kaffee starrend.

Der Schornsteinfeger August Lohmann bestellte seinen Kaffee mit einem Grinsen auf den roten Lippen, die besonders zum Vorschein traten, da sein Gesicht vom Ruß geschwärzt war; das Weiß der Augen war besonders hell. »Na, ihr, was ist denn so lustig, dass ihr so lacht? Ihr solltet euch lieber Gedanken um die Zukunft eurer Kinder machen. Seit dem achten August verbraucht ihr die Reserven eurer Kinder und Enkel«

Das war nun nichts, was bei Heinrich-Jürgen das Gemüt erhellt hätte, machte das Gefühl schuldig zu sein nur deutlicher, gab ihm noch einen Stich mehr und diente seiner Zukunftsangst noch zusätzlich.

»Ach lass uns doch mit solchen Schauermärchen in Ruh, wir haben andere Sorgen. Die Getreideernte ist sehr schlecht ausgefallen, das macht unsere gesamte Lage noch prekärer«, schimpfte Joachim Grimm den Dachfuchs an.

»Nanu, von gut gelaunt auf miese Stimmung in drei Sekunden? Da ist euch das Pulver aber böse feucht geworden.«

»Du hast doch keine Ahnung, mit welchen Schwierigkeiten wir Landwirte zu kämpfen haben. Du krabbelst ein wenig im Schornstein rum und hast einen sicheren Job. Bei uns ist das Höfesterben noch nicht vorbei«, gab Herbert Johansen ihm zu bedenken.

Der Dachdeckergeselle Julius Blunkwasser betrat den Laden, mit leerem Blick an den Anwesenden vorbei sehend, obwohl man sich seit Jahren gut kannte. Leise, kaum hörbar, sagte er zur Frau der Brote. »Ich muss den Dauerauftrag stornieren. Ich brauche die fünfzehn Brötchen jeden Samstag nicht mehr.« Er war schon wieder im Begriff zu gehen.

»Eh, Julius, was ist? Urlaub? Oder bist vom Dach gefallen?«, scherzte Joachim Grimm.

»Nein, nichts davon. Bin gefeuert worden. Neuer Chef, der braucht nur junge Leute, die noch rennen können. Als ich jung war, wollte ich, was ich nicht konnte. Als ich älter war, machte ich, was ich konnte. Dann konnte ich das, was ich tat. Nun steh ich da und darf nicht, was ich kann. Ironie des Lebens. Man braucht fuffzig Jahre, um alles zu wissen, und wenn man es weiß, ist man zu alt, um mit dem Wissen etwas anfangen zu können. Das Wissen der Gesellschaft verkümmert im Altersheim«, schimpfte er in die Runde.

»Ich hab hier noch einen Schluck Korn, wenn du willst«, bot Heinrich-Jürgen ihm an.

»Ja, Undank ist der Lohn, der einem ungefragt ausgezahlt wird«, gab Heinrich-Jürgen mit einem Seufzen von sich.

»Kann mal jemand dem Tönnsen helfen? Der hängt an der Stufe fest«, krähte die Bäckersche.

»Tönnsen, sag doch was, oder pfeif einfach«, sagte der Schornsteinfeger und legte ihm die Hand auf die Schulter, die von Tönnsen mit einem Knurren weggeschoben wurde.

»Faffs mich nift an, wefen dir muff ich frieren und warmfes Waffer habfe ich auf nift mehr.«

»Ist ja gut, ich gehe besser, hier ist ja eine Stimmung wie auf einer Beerdigung.«

»Ich hättc Appetit auf ein Krabbenbrötchen«, sagte Herbert Johansen und ging zum Fischwagen, der auf dem Parkplatz beim Bäcker stand.

Schimpfend, mit einem Brötchen in der Hand, kehrte er nach wenigen Minuten zurück. »Zehn Euro wollte der Fischkopp haben. Der sagt doch glatt, die Krabben sind dieses Jahr sehr knapp, aber zehn Euro ist doch ein Witz oder was meint ihr?« Er war richtig sauer.

Der Pastor hatte gerade seine Brötchen in der Hand und war im Gehen begriffen. »Na, Heinrich-Jürgen, wie steht es mit dir? Kommst du wenigstens Sonntag zum Gottesdienst? Bei den anderen müsste ich erst einmal die alte Eiche umhauen, damit die zum Glauben finden.«

»Ich habe andere Sorgen, als zum Beten zu kommen. Ich habe diese Woche noch ein Gespräch mit dem Vermieter. Er will die Miete erhöhen, aber danke für das Angebot«, schnaubte der Angesprochene.

»Euch bekomme ich wohl nie in meinen Gottesdienst.«

»Ich hätte da einen Vorschlag«, mischte die Bäckersche sich ein. »Reiß das Taufbecken raus und stell eine Zapfanlage hin. Wirst sehen, der Laden brummt.«

»Genau, das ist die Idee. Wir bringen auch Freunde mit und packen mit an«, lachte Herbert Johansen.

»Euch soll doch der Blitz beim Scheißen treffen«, fluchte der Pastor.

»Na, wer wird denn so undankbar sein? Da macht mal einer einen Verbesserungsvorschlag und das ist der Dank.«

»Euch reitet der Teufel, aber ich gebe euch nicht verloren. Der Tag, an dem ich euch in meiner Kirche sehen werde, kommt mit Gewissheit – und sei es in liegender Haltung.«

Das klang so überzeugt, dass den vieren bange wurde.

»Ich wefrde Sonntag in die Kirfe gefen, sagte Tönnsen und sah dem Pastor dabei sehr nachdenklich nach.

Aus dem Nichts heraus, im Gedenken an die alten Zeiten, begann Heinrich-Jürgen über die Welt und seine Probleme zu wettern: »Die Banken sind schuld und das Finanzamt ... und die Chinesen.« Auch wurden die Rundfunkgebühren und die Telefonkosten nicht ausgelassen.

Er nahm keinen zweiten Kaffee, was unüblich war für ihn, sondern ging einfach. Dass er fast den Termin beim Vermieter vergessen hätte, sagte er nicht, das schoss ihm gerade noch rechtzeitig durch den Kopf.

»Was hat denn den auf einmal getroffen?«, fragte Julius Blunkwasser.

»Der hat nur ein Kompensationsproblem«, mischte die Backsche sich ein.

»Ein was?«, fragte Herbert Johansen nach.

»Der verbirgt ein Problem und gibt einem anderen Problem die Schuld«, erklärte sie.

»Du meinst, er macht so was wie eine Übersprunghandlung?«, fragte Blunkwasser.

«Ihr sabbelt einen Kram. Ich gehe an die Arbeit«, meinte der Schornsteinfeger.

»Ja nof einen Schofstein lahmlegen«, schimpfte Tönnsen ihm nach.

10.25 Uhr

Am Tisch des Vermieters sitzend, dem Tun zusehend, wie der die Unterlagen durchlas, als würde da etwas Neues drin stehen, machte Heinrich-Jürgen erträgliche Miene zum bekloppten Spiel.

»Magst einen Kaffee?«, fragte der Vermieter.

»Ja, mit einem ordentlichen Schuss ...« *Schrot aus der Flinte,* dachte Heinrich-Jürgen und versuchte, ein unbekümmertes Lächeln hinzubekommen. Es scheiterte an den Lippen, die mochten ihm nicht folgen.

Mit einem »Bitte« stellte er ihm den Kaffee hin. Es waren auch zwei Kekse auf dem Unterteller.

Mit einem »Dankc« nahm er die Kekse und spülte mit dem Kaffee nach.

Die Mieterhöhung wurde – natürlich – als berechtigt dargestellt, mit langatmigen Sätzen und Verklausulierungen jegliche Aufmerksamkeit erschlagen. Da sie geringfügig war – die Erhöhung, die Aufmerksamkeit sowieso –, stimmte Heinrich-Jürgen zu, was sollte er auch sonst machen. Sollte es sich um die nächste Kausalitätsschleife handeln? Lohn = Unkosten = Hunger = Streit und Ängste oder was? Er hatte beschlossen, sich keine Sorgen mehr zu machen. Ein innerer Götz von Berlichingen war bei ihm eingezogen und der war oft hilfreich.

Es wurde Oktober. Das war nicht zu verhindern, es versuchte auch keiner.

Heinrich-Jürgen durfte sich ein langes Wochenende einrichten. Er sah Isolde an und meinte: »Isolde, meine Holde, was hältst du von einem Kaffeebesuch in der Stadt?« Die Frage huschte wie von selbst über seine Lippen.

»Ja!«, meinte sie voller Freude.

Sie setzten sich nach der Anfahrt und dem ganzen Gedöns am Hafen an einen Tisch und genossen den Tag. Die Sonne wärmte etwas und es wehte kein Wind, was für Nordfriesland eher untypisch war.

Für einen Moment musste Heinrich-Jürgen an seine Mutter denken, die zwei Monate nach dem Umzug ins Heim verstarb. *Alte Bäume,* dachte Heinrich-Jürgen. Die Stimme des Urlaubers, der von Helgoland sprach, als er mit seiner Mutter an diesem Tisch saß, war mit einem Mal da. »Isolde, meine Holde, was hältst du von einer Tour nach Helgoland. Nächstes Wochenende?«

Sie sah ihn mit etwas an, was man als *fassungslos* bezeichnen müsste, man könnte auch *Gesichtsausdruck* sagen. »Wie kommst du den nu darauf? Ja, da mache ich mit.«

Ihre Begeisterung war deutlich zu hören und zu sehen. Und so wurde aus einer Idee ein Plan. Die Karten wurden geordert. Der Termin stand und wankte nicht.

Beide stellten fest, dass sie sich wiedergefunden hatten. Sie hatten sich über die Arbeit und dem Kampf ums Geld aus den Augen verloren, lagen nachts im Bett nebeneinander und doch weit voneinander entfernt. Gesprochen wurde nur mit erzürnter Stimmlage. Zu ihrem Erstaunen fanden sie Gefallen an einander, wieder, ihre Worte wurden gewählt und auf das Wohl des anderen ausgerichtet, Danke und Bitte wurden zum Schmieröl der Beziehung. Sie begegneten sich neu und erforschten sich gegenseitig. Mit steigender Begeisterung stellten sie fest, dass noch alles funktionsfähig war, die Experimentierfreude hielt Einzug ins Bett. Der Verlust, wenn denn da letztlich überhaupt einer war, war der Beginn der größten Liebe aller Zeiten. Da kamen Cäsar und Kleopatra nicht mit.

Die zweite Oktoberwoche begann mit Regen und dem ersten, weiter nicht ernst zu nehmenden Unwetter. Unwetter ist in Friesland ja eigentlich erst, wenn die Schafe keine Locken mehr haben, in Nordfriesland noch später, so um Sturmfrisur rum. Orkan ist, wenn die Möwen sich an den Schafen festklammern, um nicht weggeweht zu werden.

Am Dienstagabend sah Isolde aus dem Fenster. Aus dem vierten Stock hatte man eine gute Übersicht über die Stadt. Der Regen peitschte gegen das Fenster und der Wind heulte. »Meinst du, das Wetter wird bis Samstag besser?« Skeptisch drehte sie sich zu Heinrich-Jürgen um.

»Mach dir keine Sorgen, wir werden fahren, auch wenn es Elefanten regnet.« Er lächelte zuversichtlich. Nordfriesen kennen nur eine Wetterlage, die im Krug: *Donnerwetter, noch ne Lage.*

Kapitel 4

In der Nacht vom Dienstag auf den Mittwoch legte der Kutter *Verbrannte Scholle* ab, mit nur einem Ziel: volle Netze zu bekommen. Es ging aufs offene Meer, dahin wo die Wellen höher sind als Häuser und der Wind kräftiger weht als sonst wo auf der Welt; da ist der Seemann zu Hause, da trauen sich nur Wasserratten hin – Landratten ersaufen an der Küste beim Bier.

Der Skipper Torge Trunkmann und seine beiden Decksmänner Johan Saufaus und Peter Kömleer hatten heute und die nächsten Wochen einen Praktikanten mit. Der Junge war noch nicht mit der Schule fertig. Er hatte das letzte Jahr vor sich und wollte Kapitän werden. Ob es ein Fischkutter werden würde oder nicht – wer weiß? Aber die See einmal kennenlernen … Der Vater kannte einen, der auch einen kannte, und so landete er an Deck von der *Verbrannten Scholle*. Sein Name war Hubertus Kreinbaum. Da er sich von Alkohol fernhielt, hieß er fortan *Hubi Trockenleber* – Seeleute haben im Gegensatz zu den Nordfriesen einen herben Humor.

Die See schäumte und der Bug holte Wasser; die Gischt schoss über das Ruderhaus. Hubi stand an der Reling und fütterte die Fische. Gut, dass er nicht trank, sonst gäbe es Forelle blau – kleiner Scherz, gibt ja keine Salzwasserforellen. Die beiden Decksmänner lagen in der Koje und schliefen. Der kommende Tag würde vermutlich alles von der Besatzung abverlangen. Einsam auf der Wacht waren nur der Käpt'n und Hubi, der mittlerweile blau angelaufen war – vor Kälte und Gegöbel; nur die Fische hatten ihren Spaß in dieser Nacht.

Der Mittwoch war um und nur ein Fisch, auch noch ein magerer, war ins Netz gegangen. Ob der nachschauen wollte, ob es noch Gegöbel gab, oder nur Selbstmord beging, wird man nie erfahren. Er landete in der Bratpfanne vom Käpt'n.

»Den mitschleppen? Nee«, meinte der Käpt'n, »der kommt anders an Land.«

Johan Saufaus krähte: »Den wirst du doch wieder ins Wasser werfen«, und krümmte sich vor Lachen.

Hubertus verstand den Witz nicht und versah sein Gesicht mit Wohlwollen. Den Gedanken *Wo bin ich hier nur gelandet* behielt er für sich.

Man stelle sich mal die alten Segelschiffe vor, so ganz ohne Klo, mit dem Achtersteven außenbords in einem Korb aus geflochtenem Seil hängend, wenn es denn einen gab, sonst saß man auf einem Brett; hatte man Sturm … oh weih. Man musste sich den Arsch mit einem Tampen abwischen, der von Salzwasser getränkt war. Dabei ist wohl auch der gepökelte Schinken entdeckt worden. Schaut man sich hingegen die Piratenfilme an oder andere, Moby Dick zum Beispiel, da sind die immer tagelang unterwegs, Monate gar, und keiner sagt zum Käpt'n: »Ich muss mal.« So ein stabiles Gedärm, das wäre was.

Am Donnerstag war der Fang schon besser, nicht dass man sagen würde *zufriedenstellend*, aber die Netze beulten. Die scharfen Messer schlitzten den Fisch und Blut floss. Die Eingeweide gingen gemeinsam mit Hubertus Frühstück über Bord.

»Wenn du so weiter reiherst, mein Junge, wirst du uns noch verhungern«, meinte Peter Kömleer.

»Die See ist nicht meine Welt«, meinte Hubertus, dem bei jedem Wort die Brocken aus dem Mund zu schießen drohten.

»Nee, mein Kleiner, die See hat einen Narren an dir gefressen. Deine erste Fahrt – und das bei Sturm – und du bist noch an Bord. Würde die See dich nicht lieben, würdest du vom Meer ausgespuckt werden. Du bist für die See geboren. Schau dich an: Dein Magen schaukelt und gibt dein Landleben an die See, deine Beine stehen wie gemauert auf Deck. Wenn du nicht auf See gehörst, beginne ich das Saufen.«

»Du sübst doch alns, wat Umdreiungen hett«, platzte Johan dazwischen.

»Och hol du doch dien Sabbel, du Supkop.«

Der Donnerstag neigte sich dem Ende entgegen und der Fang reichte noch nicht, um auch nur die Kosten zu decken. Auf dem Radar gähnte Leere, kein Schwarm in Sicht, in den Netzen verfing sich nur Plastikmüll. Die *Verbrannte Scholle* durchschnitt die Wellen mit voller Fahrt, aber nichts da, die Konkurrenz war groß und schnell. Die Fischbestände waren ausgedünnt und zu jung, um gefischt zu werden.

Und so schoss die *Verbrannte Scholle* in den Freitag. Normalerweise würde die Ladekapazität ausgereizt sein, aber es fehlten noch zwei Drittel des Fanges und damit war auch am Samstag noch Fangtag.

Der Freitag war lang. Die Netze rein ins Wasser, raus aus dem Wasser. Hubertus Hände waren aufgerissen vom harten Zupacken und dem Salzwasser, nichts war trocken oder sauber, überall waren Reste von ausgenommenem Fisch und man musste mit Bedacht übers Deck gehen, sonst glitschte man schnell mal über Bord.

Die alten Seehasen wandelten ohne sich an etwas zu klammern umher. Hubertus versuchte einfach nur, an einem Ort zu bleiben. Wenn er denn übers Deck musste, so war ihm jeder feste Punkt eine Hilfe.

Zum Erstaunen der Besatzung war der Fang dann doch noch recht ergiebig und wurde bis spät in die Nacht verarbeitet. Es war Vollmond, was die Arbeit leichter machte. Wenn die Arbeit nicht so hart wäre, hätte man von Romantik reden können – wenn man denn das Bedürfnis gehabt hätte, das Rumkramen in Fischinnereien in diese Ecke zu stellen.

Peter schien der Mond ins Gesicht, was ihn blass werden ließ. Während der Aufschlitzerei der Fischbäuche wanderte der Mond zu Peters Hinterkopf, was darauf schließen ließ, dass die *Verbrannte Scholle* den Kurs gewechselt hatte.

Der letzte Fisch war verstaut, Hubertus fiel todmüde in die Koje, Peter ging mit dem Wasserschlauch übers Deck und spülte alles weg. Johan stieg zum Skipper ins Ruderhaus: »Du hest de Kurs änerd.«

»Ja, wir fahren auf Helgoland. Da holen wir das, was noch fehlt, aus der See.«

»Wens datt menst.« Johan stellte keine Fragen, da jeder an Bord am Gewinn beteiligt war, und jeder Fisch mehr war eben bares Geld.

Hubertus wurde wach. Nicht weil er geweckt wurde, nein, es war mit einem Mal still. Der Motor war aus. Dieses eintönige Gedröhne, das durchs gesamte Boot zog, fehlte plötzlich, um ruhig schlafen zu können. Er streckte die Nase aus der Tür, Stimmen aus der Kombüse lockten ihn. »

Na, Hubi, auch wach? Wir haben versucht, dich zu wecken, aber du hast so fest geschlafen, da dachten wir, wir lassen dich man liegen. Setz dich und lang zu. Wer arbeitet, muss auch was im Bauch haben, auch wenns danach über Bord geht.« Der Skipper wies auf eine Bank, auf der schon Johan saß, die aber noch eine Ecke für einen Mann übrig hatte.

Die Unterhaltung bestand aus *Jo* und *Nee* und *Wenns mens* – die Antworten auf die Frage *Warum Helgoland*. Als der Skipper aber den Ort sagte, an dem er vorhatte, die Netze ins Wasser zu lassen, da wurden aus den wortkargen Männern Stumme. Johan und Peter sahen sich an, als hätten sie einen Geist gesehen.

»Das ist doch nun nicht dein Ernst, vier Meilen vor Helgoland?«, fuhr Peter den Skipper an. Peter durfte das. Er war der Älteste an Bord und schon mit dem Vater vom Skipper zur See gefahren.

»Da sind die dicken Fische. Es herrscht kaum Wind. Die See ist ruhig – was soll da schiefgehen? Und verboten ist es nicht.« Der Skipper verließ die Kombüse, um den Motor zu starten und weiteren Fragen aus dem Wege zu gehen.

Frühstück ist vorbei, wenn der Kapitän aufsteht. Hubertus hatte kaum Zeit gehabt, sich ein Brot zu schmieren.

»Ess du was«, sagte Peter mit fester Stimme.

Hubertus biss vom Brot ab und schluckte, ohne viel zu kauen. Er fühlte die Anspannung, die auf einmal an Bord herrschte. Johan und Peter sahen sich schweigend an. Hubertus wollte nicht, aber musste fragen. »Was ist los? Ihr tut so, als ginge das Boot unter?«

Nordfriesen, das muss man wissen, können Fragen stellen und Antworten geben, ohne den Mund zu bewegen, nur mit den Augenbrauen, auch die Stellung der Ohren spielt dabei eine Rolle. Peter und Johan knobelten aus, wer die Antwort geben sollte. Das dauerte eine Weile. In der Zwischenzeit reifte bei Hubi schon mal die Angst.

»Nun, mien Jung«, Peter hatte verloren, »uns Kaptain will vör Helgoland de Nett utschmieten in jümers de Gegend wo de Amis und de Briten de gesammte Giffgasgronaten no de Krich vesenkt hebt, dor min Jung, is et geföhrlich.«

Es war Samstag, sechs Uhr. Das Frühstück war beendet. Die *Verbrannte Scholle* hatte Kurs auf Helgoland. Ankunft acht Uhr.

Fünf Uhr im Schlafzimmer von Heinrich-Jürgen, der dem Wecker das Wecken aus dem Gehäuse klopfte.

»Isolde«, dabei wackelte er an ihr rum, als würde er sie von den Toten erwecken wollen, »wenn wir um neun bei dem Katamaran sein wollen, müssen wir uns sputen.«

»Ich bin müde, lass mich, geh allein.«

»Sieh zu, die Tickets waren teuer genug!«

Heinrich-Jürgen drängelte, denn er würde gerne gegen sechs Uhr die Abfahrt *Schubi* erreicht haben, um dann auf der Autobahn gen Hamburg möglichst den Berufsverkehr zu vermeiden. Er kannte sich in Hamburg nicht aus. Eine falsche Biegung und der Tag wäre gelaufen. *Das Navi kennt den Weg,* war seine Hoffnung.

Isolde hatte den Zug vorgeschlagen – mit dem Auto zum Bahnhof und in Hamburg mit dem Taxi, einfach und unkompliziert. Aber Heinrich-Jürgen wollte, nein, er musste selber fahren; der Welt zeigen, dass er kein Versager war. Auch wenn er nach außen den Gelassenen gab, innerlich wurde er von Selbstvorwürfen und Zweifel zermalmt. Die Fahrt war für ihn mehr als nur ein Wochenend-Trip. Planung, Durchführung, Erfolg – er braucht ein Erlebnis, das ihm ein Gefühl von *Ja, ich bin's!* gab. Außenstehenden das erklären … würde er selbst, wenn er schöne Worte finden würde, nie machen. Isolde muss er es nicht erklären, sie verstand ihn auch so, wusste aber auch um seinen Orientierungssinn, wenn man das Ding denn so nennen wollte. *Lappen* hätte auch gepasst.

Die Fahrt war ohne Vorkommnisse, belanglos. Isolde holte ihren versäumten Schlaf nach.

Heinrich-Jürgen hatte derweil ein Wettrennen mit der Zeit. Das Navi wusste in der Tat, wo der Weg war. Pünktlich, wie geplant, um 8.30 Uhr gingen sie händchenhaltend an Bord des Katamarans und saßen in der ersten Reihe vor dem Panoramafenster. Freie Sicht aufs Meer und das bei bestem Wetter.

Um neun legte der Katamaran ab und fuhr die Elbe Richtung See hinauf. Über Lautsprecher wurden auf Sehenswürdigkeiten am Ufer hingewiesen und Angaben zum Reiseziel gemacht. Sollte jemand einen Flug nach Hongkong gebucht haben: zu spät zum Umsteigen. Kichern im Gestühl.

Heinrich-Jürgen hielt die Hand von Isolde und beide waren weit weg von allem, was sie bedrückte.

Heinrich-Jürgen sah Isolde mit einem leichten Glanz im Auge an und flüsterte ihr zu: »Das hätten wir schon viel früher machen sollen.«

Sie drückte seine Hand fester.

Auf hoher See war es sieben Uhr und die Netze gingen über Bord. Die *Verbrannte Scholle* machte halbe Fahrt, um sofort stoppen zu können – nur für den Fall, dass das Netz hängenbleiben würde. Der Skipper hatte entschieden, die Netze so tief wie möglich abzulassen. Es herrschte angespannte Ruhe an Bord. Der Wind war gleichmäßig. Die See begleitete ihn mit seichten Wellen. Ruhig zog die *Verbrannte Scholle* die Netze hinter sich her – bis sich plötzlich die Steuerbordseite leicht senkte.

»Es muss etwas schweres im Netz sein oder es hängt fest«, rief Peter voller Entsetzen.

Da das Boot nicht ruckte oder wendete, vom Netz gebremst wurde oder gar ins Kentern geriet, musste das Netz voll sein. Alle Anzeichen standen auf *dicker Fang*.

Der Skipper verlangsamte die Fahrt. Er traute der Sache nicht. Wäre nicht die erste Granate, die im Netz eines Fischers hing. Und bei dem Zug, den das Netz ins Geschirr legte, musste es ein Brocken von Fang sein oder die böseste Überraschung seines Lebens. Bisher hatte er es vermieden, die Netze in diesem Gebiet, in dem er nicht das erste Mal fischte, bis auf den Grund zu senken. Er hielt immer respektablen Abstand zum bösen Erbe der Ahnen ein, aber er wollte, nein, er musste Fang machen und das Risiko ist eben Teil des Lebens.

Die Winde knirschte, als wollte sie aus den Planken des Decks brechen. Die Seile waren gestrafft und das Salzwasser lief an ihnen herab. Langsam, sachte wickelte sie das Seil auf. Nur keine schnelle hastige Bergung. Sollten bei allen Widrigkeiten des Lebens doch

Granaten im Netz sein, so mussten die nicht auch noch gegen die Bordwand krachen, denn dann: *Aus die Maus.*

Das Netz zeigte sich und es waren Fische, nicht nur kleine, auch dicke Fische. Die Sorge wich der Hoffnung. Das Netz hing außenbords und das Wasser strömte raus. Die Fische waren zahlreich, ein dicker, ein fetter Fang.

Dann die starren Augen von Peter, der auch gleich mit ausgestrecktem Arm aufs Netz zeigte und den gellenden Ruf »Granaten!« von sich gab. Es ließ das Blut in den Adern gefrieren. Geistesgegenwärtig ergriffen Johan und Peter jeweils eine Stake und drückten das Netz von der Bordwand weg. Der Skipper stoppte die Maschine. Mit Gottvertrauen und Verzweiflung verließ er das Ruderhaus. Nun dümpelte die *Verbrannte Scholle* vor sich hin. Hubertus wurde Unterdeck geschickt. Ihm sollte möglichst nichts passieren.

»Haltet das Netz vom Schiff weg! Ich senke das Netz ab und dann schneide ich es auf. Also nur die Ruhe, Männer.«

Den dreien lief der Schweiß in die Stiefel.

Das Netz senkte sich behutsam in die See. Die Arme von Peter und Johan begannen zu zittern. Das Netz hatte Gewicht. Wie viele Granaten sie geborgen hatten, wollten sie gar nicht wissen. Über die Jahre, die dieses Zeugs schon im Meer lagerte, waren die Granaten recht dünnhäutig. Ein Schlag, so gering der auch sein mochte, langte mitunter für eine schöne Bescherung, die durchaus tödlich enden konnte.

Der Skipper kam nicht ans Netz ran. Er beugte sich soweit es ging vor, aber er drohte in die See zu stürzen. Peter und Johan mussten es näher ans Boot lassen, ein lähmendes Schweigen lag über allem.

Hubertus starrte zur Decke, als könne er durch Planken sehen. Er konnte hören, wie die Stiefel auf dem rutschigen Deck versuchten, Halt zu finden.

»Stopp!«, rief Peter.

Der Skipper, der bisher voll konzentriert war, zuckte zusammen und wurde kreidebleich. Es ergoss sich schon Verdautes aufs Deck.

»Danke, du Sau!«, sagte Johan, dem die Brühe in den Stiefel pladderte.

»Gerne doch. Was ist? Was schreist du so rum?«

»Wir ziehen das Netz hoch, dann greifst du den Tampen und wir senken das Netz erneut ab, dann öffnest du das Netz, wir halten es auf Abstand. Ich befürchte, wenn du es aufschneidest, dann kippen die Granaten raus und krachen zusammen. Und dann, meine Freunde, fällt uns das Fleisch vom Gerippe.«

Die drei sahen sich an. Kreidebleich. Jeder bleicher als der andere. Die gespenstische Stille an Bord drang auch unter Deck. Hubertus saß auf einem Stuhl neben seiner Koje, die Augen starr nach oben gerichtet. Die Hände klammerten sich so fest an den Stuhl, dass die Fingerspitzen weiß wurden. Der Schließmuskel meldete Bedrückendes an, aber er traute sich nicht, sich zu bewegen.

Die Winde begann zu knirschen, schon im Normalbetrieb ein Höllenlärm, aber nun klang es wie das Wiegenlied des Todes. Unter Deck klang es noch bedrohlicher. Hubertus trat der Schweiß in dicken Perlen auf die Stirn. Unter ihm bildete sich eine Pfütze, die nicht vom Schweiß herrührte.

Das Netz hob sich erneut. Die Angst in den Gesichtern wuchs mit jedem Zentimeter, den das Netz sich hob, denn sie forderten das Schicksal heraus. Die Winde knarrschte, als würde sie jeden Moment bersten wollen. Das Netz musste über Bordwand-Höhe, damit der Skipper den Tampen greifen konnte, mit dem das Netz verschnürt war. Ein Zug und es öffnete sich, aber noch nicht, erst mal haben und wieder absenken.

Mittels Stake gelang es, den Tampen zu greifen. Das kalte Wasser der See lief ihm nun den Arm runter in den Ärmel, dann an seinem Körper entlang bis in die Stiefel. Er beugte sich leicht zur Seite, aber er durfte nicht ziehen und nicht loslassen und das Wasser war kalt und es war viel davon im Netz. Sie sahen sich an, nickten sich zu, die Winde knarrschte erneut ihr Lied.

»Wie tief?«

Peter sagte »Nun!« und der Skipper zog mit einem Ruck. Die drei warfen sich auf die Planken und auch, wenn sie sonst nie ein Gebet zur Hand hatten, in diesem Moment waren sie Gott nahe wie nie zuvor – oder wem auch immer.

Es war still, nicht mal eine Möwe schrie. Erleichtert sahen sie sich an, erhoben sich, lachten. Ihnen war nach tanzen, aber das Deck war zu rutschig.

Hubertus begann zu schnuppern. Was er roch, hatte er schon mal gegessen.

Dann fuhr den vieren der Magen nach oben, denn die *Verbrannte Scholle* versank in den Fluten. Von einer Sekunde auf die andere war vom Boot nichts mehr zu sehen.

Wie viele Granaten sie gehoben hatten, hatten sie nicht erfahren, aber es waren genug, um eine verheerende Katastrophe auszulösen. Die Granaten waren zu Boden gesunken und in den Haufen reingekracht, aus dem sie geborgen worden waren. Es entstand eine gewaltige Blase, die aufstieg und das Wasser unter der *Verbrannten Scholle* mit einem Schlag verdrängte. Die *Verbrannte Scholle* plumpste in das so entstandene Loch im Meer, das aber sofort wieder über ihnen zusammenschlug.

Hubertus, der sich an seinen Stuhl klammerte, hob mit demselben ab und krachte mit dem Kopf gegen die Decke der Kajüte, fiel danach bewusstlos auf den Boden. Keiner hatte Zeit zum Denken. Es geschah so blitzartig, dass sie keine, auch nicht die geringste Chance hatten, das zu überleben. Sie wurden spurlos von der See verschluckt. Kiel nach unten versank das Boot und ward nicht mehr gesehen.

Die Granaten gasten da unten schon seit Jahren vor sich hin. Im Normalfall nicht weiter bedenklich, so die Experten, da das Gas wasserlöslich ist und in der See zu ungefährlichen Substanzen abgebaut wird. Aber die bei diesem Unglück ausgetretene Menge hatte kaum noch Kontakt zum Wasser. Die Masse war zu gewaltig und stieg mit Gewalt aus dem Meer empor.

Die Sicht war klar, die Sonne stand am Himmel, das Wasser glitzerte im Spiel der Wellen, die Möwen fielen vom Himmel –niemand ahnte die Gefahr.

Der Katamaran hatte die Elbe weit hinter sich gelassen und steuerte unbeirrt auf Helgoland zu. Heinrich-Jürgen und Isolde genossen die Sicht auf die See. Am Horizont wurde Helgoland immer größer, kam immer näher.

An den Radarschirmen ringsum wundert man sich über das plötzliche Verschwinden der *Verbrannten Scholle*. Kein Notruf oder Leuchtsignal. Einfach weg! Nicht möglich. Kein Sturm. Eine Kollision mit einem anderen Boot wurde ebenfalls nicht gemeldet.

Hubschrauber *SAR 10*, der auf Helgoland stationiert war, wurde losgeschickt, um nach dem Rechten zu sehen. Er meldet den Katamaran mit auf Kurs Helgoland, einige Motorjachten, einen Hochseeangler mit acht Mann an Bord und weit draußen einen Frachter, Hamburg oder Cuxhaven anlaufend, aber von der *Verbrannten Scholle* keine Spur. Kein Ölfleck oder Rettungsring, keine Personen im Wasser. Als wäre sie nie da gewesen. »Die See ist ruhig«, so die abschließende Meldung. *SAR 10* kehrte zum Stützpunkt zurück.

Der Kapitän des Rettungskreuzers und der Pilot des *SAR 10* sowie der Chef der Feuerwehr und weitere Personen, die sich mit der Sicherheit im Hafen und auf See befassten, rätselten, wo das Boot geblieben sein könnte und wie es ohne Anzeichen hätte sinken können. Eine Vermutung, die gleich wieder verworfen wurde, war eine Miene aus dem Krieg. »Es müsste dann ja eine Explosion gegeben haben und die See wäre übersät mit Trümmern«, befand man.

Der Wind, der stetig wehte, drückte gegen die Gaswolke über der Unglücksstelle, die immer länger wurde. Da das Gas schwerer war als Luft, sank die Blase in sich ein, verdrängte sich zu den Seiten. Sie hatte bald eine Länge von rund 1000 Metern, war von 20 Meter Höhe auf 10 eingefallen und hatte eine Breite von 50 Metern.
Diese Wolke des Verderbens driftete ungehindert aufs Festland zu. Sie wirkte auf den Betrachter wie eine Nebelschwade, ungefährlich. Keine der Motorjachten, von denen ohnehin keine ständigen Funkkontakt zum Festland oder zur Insel hielt, wurden vermisst – die waren ja auch alle noch da, es lebte nur keiner mehr an Bord.

Zwischen dem Katamaran und der Insel lagen noch drei Kilometer. Der Kapitän ließ die Maschinen halbe Fahrt machen. Er wollte nicht die Kaimauer rammen. Der Funk mit dem Hafen war klar und deutlich, keine Hindernisse auf dem Radar. Der Kapitän, so wie sein Erster Offizier, hatten ihre Ferngläser vor den Augen und spähten nach kreuzenden Booten, die es gelegentlich wagten, auf See zu rudern – die hätten keine Chance gegen den Rumpf des Katamarans.
Der Steuermann sah es als Erster und rief: »Käpt'n voraus!«
Die Gläser beider Beobachter gingen voraus und sie sahen eine Nebelschwade.
»Was mag das sein? Frage! Wetter!« Der Käpt'n sah den Funker an.
»Keine Warnung wegen Nebels«, war die Antwort.
Schon allein weil der Hafen sich näherte, wurde die Fahrt rausgenommen, um ein weiteres Viertel. Den Fahrgästen wurde nun die Einfahrt in den Hafen erklärt, dass man sich gedulden sollte, bis der

Katamaran angelegt hatte, und wann die Rückfahrt losging. Die übliche Prozedur eben.

»Was sagt das Radar?«

»Keine Hindernisse voraus.«

Der Käpt'n setzte sich auf seinen Platz und gab genaue Anweisungen. Es dauerte nicht lange, da waren sie von der Wolke eingehüllt und sie drang durch die Lüftungsanlage in alle Räume. Der Steuermann konnte noch *Maschinen stopp* denken, aber beim Einsinken in seinen Stuhl gab er volle Fahrt voraus und die Schrauben drehten auf Hochtouren.

Das Gas drang bis in die Maschinenräume. Auf allen Decks und Niedergängen lagen Tote. Der Tod ereilte jeden. Ein Atemzug langte und das Leben entwich im selben Moment. Heinrich-Jürgen und Isolde starben glücklich, denn sie erreichte das Gas mit als Erste. Die anderen, die noch sehen konnten, dass etwas Übles geschah, hatten noch Zeit zur Panik, aber keine mehr zur Flucht. Es überlebte niemand.

Ungebremst und mit voller Fahrt jagte das Ungetüm von Katamaran in den Hafen. Die verzweifelten Funkrufe des Hafenmeisters verhalten im Äther. Auch im Planungsbüro, in dem man sich immer noch Gedanken über das Sinken der *Verbrannten Scholle* machte, hörte man mit und sah sich panisch an.

Man hörte, wie der Katamaran in die Kaimauer krachte. Berstender Stahl kreischte durch den Hafen. Das Boot schob sich die Kaimauer hoch und stand fast senkrecht. Die Schrauben drückten mit aller Gewalt, die Motoren heulten, das Wasser sprudelte unter dem Boot in alle Richtungen. Beim Aufprall hatte es Tote und Verletzte unter den Neugierigen und Urlaubern gegeben, die sorglos am Kai standen.

Das eindringende Wasser ließ die Motoren schließlich ersterben und der Katamaran sank bis auf den Grund des Hafens. Eiligst herbeieilende Retter, die sofort an Bord gingen, mussten sich in einem senkrechtstehenden Boot zurechtfinden. Beim Aufprall waren die Panoramafenster geborsten und die Passagiere der ersten Reihe auf den Kai geflogen. Heinrich-Jürgen landete in der Fritteuse einer Pommes-Bude. Die Umstehenden, die in großer Zahl zusammenliefen, sahen, wie die Retter im Inneren zusammenbrachen, sich noch an die Brust fassten und umkippten. Der Hafenmeister ließ sofort den Hafen räumen und sperren. Alle Boote, die auf Helgoland zuhielten, mussten wenden.

Der Pilot von *SAR 10* griff sich eine Seekarte, zeichnete den Ort ein, an dem die *Verbrannte Scholle* gesunken sein könnte, zeichnete die Windrichtung ein, die Fahrtrichtung des Katamarans und allen wurde schlagartig bewusst: *Die Scheiße kocht und stinkt bis in den Himmel.*

»Wird es Helgoland treffen?«

Mit Entsetzen sah man den Mann an, der die Frage stellte. Es war der Bürgermeister von Helgoland, der gerade den Raum betrat.

Der Pilot meinte: »Nein, der Wind ist auflandig und die Gaswolke ist vermutlich bereits an Helgoland vorbei auf dem Weg zur Küste. Hat wohl den Kurs des Katamarans gekreuzt. Wir sollten die See von hier bis zur Küste räumen und sämtliche Gemeinden alarmieren, von Marne bis Bremerhaven. In dem Bereich wird sie an Land gehen. Die Folgen? Ich denke, jeder hat jetzt eine Vorstellung.«

Der Feuerwehrhauptmann schlug vor, den Hubschrauber zu benutzen und die Wolke auseinanderzutreiben.

»Nein, das würde sie nur in Stücke reisen und unkontrollierter machen«, lehnte der Pilot ab.

»Was machen wir?«, fragte der Hafenmeister, der zur Runde dazugestoßen war.

»Wir geben Katastrophenalarm«, beschloss der Bürgermeister.

Sämtliche betroffenen Kreise wurden informiert. Der Ministerpräsident und sein Innenminister, zufällig im Lande und nichts Besseres zu tun, rasten mit Eskorte durchs Land, um sich vor Ort ein Bild machen zu können. Die Bundeswehr mit ihren Kampfmittelaufspür- und -bekämpfungseinheiten rückte aus und bezog so schnell wie möglich Positionen im Vordeichbereich. Sämtliche Feuerwehren wurden im Vollschutzanzug auf die Fahrzeuge gesetzt und auf dem Deich postiert, damit sie einen Schleier aus Wasser von Marne bis Bremerhaven erstellen konnten. Sämtliche Krankenhäuser waren in Bereitschaft. Die Bewohner direkt am Deich wurden von Polizei und Feuerwehr aus den Häusern geholt, in einigen Fällen mit Gewalt.

Der Ministerpräsident traf sich mit den Bürgermeistern von Hamburg, Marne und Cuxhaven in Butjadingen in einem Zelt der Bundeswehr, das extra für dieses Treffen aufgebaut wurde: Mit dabei: alles was Rang und Namen hatte. Kaffee und belegte Brötchen durften bei keiner Katastrophe fehlen.

»Wo wird es das Festland zuerst treffen?«, wollte der Ministerpräsident wissen.

Das bedrückte Schweigen, das einen Moment lähmende Wirkung hatte, wurde vom General der ABC-Truppe gebrochen: »Die Nordsee-Klinik. Wird gerade mit Hochdruck geräumt. Und die Gemeinden Nordholz und Wurster. Dann folgen die Nächsten. Aber die Abwehr steht.«

Weitere Meldungen gingen ein und es ergab sich ein Bild über das Ausmaß der Ausdehnung. Die Wolke hatte mittlerweile eine Länge von 15 Kilometern. Im Hinterdeichbereich standen weitere Feuerwehrzüge bereit, um durchbrechendes Gas zu bekämpfen. Die ersten Schafe, die man am Deich vergessen hatte, fielen um. Die Feuerwehrmänner gaben alles, um die Katastrophe aufzuhalten, aber beim Anblick der umfallenden Schafe wurde ihnen mulmig. Eiligst erschienen Soldaten mit ihren Messgeräten, um die Höhe der Wolke zu bestimmen.

In Butjadingen wurde Kontakt gemeldet. Man hielt den Atem an. Minütlich trafen weitere Meldungen ein. Die Schafe zogen sich vor dem ungewöhnlichen Nebel zurück, standen vor den Feuerwehrmännern, keine zwei Meter von ihnen entfernt. Die Männer starrten sie an, nicht, weil sie noch nie ein Schaf gesehen hatten, nein, sollten die Schafe fallen, würden sie rennen und die Verteidigung an die zweite Welle abgeben.

Der Wind war beständig, somit berechenbar und die Schafe blieben stehen, was bei den Männern lächelnde Gesichter erzeugte.

In den Medien wurde am Rande eine groß angelegte Übung gemeldet, es wurde ein bisschen über Sinn und Unsinn debattiert, dann war das Thema wieder vom Tisch. Der Katamaran hatte laut offizieller Darstellung der untersuchenden Behörde, die erstaunlich unauffällig operierte, eine defekte Klimaanlage, die zu einer schiffsweiten Kohlenmonoxidvergiftung geführt haben soll. Reiner Zufall, dass daran ausnahmslos alle starben und leider auch nicht zur Obduktion oder Bestattung freigegeben werden konnten. Dafür übernahm aber der Staat die Entsorgungskosten, war ja auch irgendwie nett. Die Verbrannte Scholle war einfach nur gesunken. Dafür gab es für die Hinterbliebenen ein bisschen Geld von der Versicherung.

Was wirklich geschah, wurde im einen oder anderen Internetforum von Verschwörungstheoretikern aufgedeckt, ging aber zwischen den übrigen *Fakten* über grüne Männchen und den immer noch lebenden Elvis unter.

∗∗∗

Beim Bäcker am Tisch standen sie und redeten wie üblich über ihre Probleme. Es war Dienstag und kalt an diesem Morgen. Der Schornsteinfeger hatte die Zeitung mit, was er sonst nie tat.

Tönnsen pfiff an der Tür. »Heft mif maf hochf!«

Der Schornsteinfeger legte die Zeitung auf den Tisch. »Da, habt ihr gelesen? Heinrich-Jürgen ist tot, der ist in eine Pommes-Bude geflogen.«

Tönnsen lachte. »Jo, dass die Pommfes maf fein Unflük werden fagte if ihm fhon immer.«

Es klopft

Ein Mann, der dem Erscheinungsbild nach 30 bis 40 Jahre alt sein machte, war bis dahin nicht weiter aufgefallen. Man könnte meinen, er sei vom Himmel gefallen – obwohl: Er war auffällig gekleidet und müsste jedem aufgefallen sein, dennoch hatte ihn niemand je zuvor gesehen. Aber sein Gesicht ... Jeder, der ihn ansah, dachte unwillkürlich *Woher kenne ich den?* Er zog die Blicke vieler Personen auf sich. Ein Getuschel und mit dem Finger auf ihn Zeigen, hinter seinem Rücken natürlich, brach los.

Er ging durch die Straßen von Rom. Gekleidet? Bekleidet kann man nicht sagen, eher mit einem Umhang behangen, in den drei Löcher geschnitten waren für Arme und Kopf. Wadenlang war das Gewebe, an den Füßen trug er Sandalen, die schon einen weiten Weg gegangen waren und in dieser Weise nicht mehr hergestellt wurden. Die Haare waren gepflegt und schulterlang und leicht gewellt, dazu ein fünf Tage-Bart. So schlenderte er durch die Straßen von Rom.

Er ging gemächlich die Via Cola di Rienzo in Richtung Petersdom entlang, zur Vatikanstadt, sah sich sichtlich verwundert und recht fremd wirkend um und alles genauestens an.

Ein Wagen stoppte ein paar Meter vor ihm und zwei Uniformierte stiegen aus, standen wartend am Wagen, ihn doof angrinsend. Einer trommelte mit den Fingerspitzen aufs Autodach.

Die beiden freundlich anlächelnd schritt der Mann frohen Mutes an den Beamten vorbei, die sich verwundert ansahen.

»Halt!«, riefen beide im Chor.

Der Mann drehte sich im Gehen um und deutete mit einer Hand auf sich, machte ein fragendes Gesicht.

»Ja, Sie sind gemeint. Ihre Papiere, bitte!«

Der Mann antwortete in einer Sprache, die den Beamten fremd war.

»Das ist ein Flüchtling, der sich illegal rumtreibt«, meinte der eine.

»Nee, kann nicht sein, der trägt keine Jeans und ein Handy hat der auch nicht.«

»Dann ist das ein Deutscher.«

»Nee, kann auch nicht sein, der hat kein Badetuch und noch dazu zu Fuß unterwegs.«

Auf Fragen, wo er denn herkomme oder hinwolle antwortete der Mann nur mit verständnislosem Kopfgewackel. Mit eindeutigen Gesten wurde ihm schließlich verdeutlicht, er möge sich in den Wagen setzen, was dem Fremden aber sichtlich widerstrebte.

Der Wagen setzte sich in Bewegung. Der Mann klammerte sich mit aller Kraft an den Sitz. Die Fahrt führte vom Petersdom weg, was ihn sichtlich traurig stimmte.

Auf dem Revier bot man ihm einen Kaffee an, den er mit Argwohn betrachtete, die Nase wurde bemüht und anfänglich nippte er nur. Es war mehr ein Lippenbenetzen, aber das Gebräu wurde letztlich für gut befunden. Auf Fragen gab er keine Antwort, sprach aber ausgedehnte Sätze, die nur keiner verstand.

»Das ist Hebräisch!«, sagte einer der Kollegen vom benachbarten Schreibtisch.

»So, Hebräisch, bist ein ganz Schlauer, wie?«

»Ja, eindeutig, ich lass mal den Rabbi von nebenan kommen, der kann bestimmt übersetzen.« Aus dem Fenster rief er einem Jungen zu, der möge doch den Rabbi Slomesch holen.

Einer der Beamten legte eine Hand auf seine Brust, sah den Fremden an und sagte: »Mein Name ist Jakob.«

Der Fremde sah ihn an und sagte: »Jachweh«, legte ebenfalls eine Hand auf seine Brust und lächelte.

Der Rabbi betrat das Büro und stockte mitten im Schritt, als würde er einem Geist begegnen.

»Schön, Rabbi, dass sie kommen konnten. Wir haben da einen aufgegriffen der, so hat es den Anschein, Hebräisch redet.«

Der Rabbi sprach eine Weile mit dem Fremden, um dann dessen Hand gegen seine Stirn zu drücken.

»Was ist denn nun los?«

Verständnislose Blicke bei den Beamten.

»Das ist Gottes Sohn.«

Die Antwort war so überzeugend, dass für einen Moment absolute Stille im Büro herrschte.

»Gottes Sohn, na klar, das hätte er doch gleich sagen können«, lästerte der Beamte und warf seinen Schreiber auf den Tisch.

»Wir machen mal einen Alkoholtest!«

Das Atemtestgerät wurde gereicht und der Rabbi erklärte dem Mann, dass er zu pusten habe.

Jachweh blies mit aller Kraft hinein und sah den Beamten enttäuscht an, weil die vermeintliche Flöte keinen Ton von sich gab.

»Na, besoffen ist der nicht«, lautete die eindeutige Feststellung.

Der Fremde sprach mit dem Rabbi.

»Ich soll fragen, ob er gehen kann.«

»Ich habe die Lösung: Er kann doch ein Wunder wirken, dann hätten wir den Beweis, dass er Gottes Sohn ist.«

Allgemeines Gelächter brach über den Fremden herein.

Der Rabbi wurde sauer und schimpfte mit den Beamten: »Ihr seid Ungläubige und lästert den Herrn!«

Das Lachen verebbte, ungläubige Gesichter blieben.

»Sehr witzig, und das von einem Rabbi. Ihr sagt doch seit satten zweitausend Jahren, dass Gott keinen Sohn hat. Nun, also … der da hat keine Papiere und wir wissen nicht, wer er ist. So einfach gehen lassen is nich. Wir werden ihn erkennungsdienstlich unter die Lupe nehmen müssen. Sagen Sie ihm das.«

Der Rabbi erklärte das Anliegen, hörbar beschwichtigend.

Es wurde ein schönes Foto gemacht und durch die Elektronik gepeitscht, ebenso die Fingerabdrücke. Die Zeit, die die Maschinerie benötigte, verbrachten der Fremde und der Rabbi mit Gebeten.

»Es liegt nichts gegen den Mann vor. Er ist aber auch nicht amtlich gemeldet, somit gilt der erst einmal als Obdachloser oder Illegaler und bleibt in Obhut.«

Man hatte allerdings Bedenken, ihn in eine Zelle zu stecken. So brachte man ihn im nahegelegenen Sanatorium für Nervenerkrankte unter. Wenn man schon behauptete, man sei Gottes Sohn, musste man halt damit rechnen, erklärten die Beamten dem Rabbi, der dem Fremden widerwillig die Sachlage erklärte, welcher daraufhin etwas aus der Fassung geriet und lautere Worte fand.

Widerstrebend aber folgeleistend und in Begleitung des Rabbis, der versicherte, ihm nicht von der Seite zu weichen, wurde der Fremde ins Sanatorium gebracht, wo er bereits mit größter Neugier erwartet wurde – wann hat man schon so hohen Besuch.

Es wurde ihm Blut abgenommen, was auch mit leichter Gegenwehr verbunden war. Das Ergebnis war eindeutig: keine Drogen.

Zur Frage, in welche Abteilung – zu den Napoleons oder denen, die Kreise in den Sand malten – hieß es: »Wir haben doch einen Moses im dritten Stock. Zu dem passt der perfekt!«

Der Rabbi willigte ein, Moses fehlte ja noch in der Runde.

Ein Psychologe musste Jachweh nun unter die Lupe nehmen, um sicherzustellen, dass sie keinen Gesunden ins Irrenhaus gesteckt hatten. Er gab ihm ein Blatt, auf dem ein grüner Fleck war.

»Was sehen Sie?«, lautete die höchst wissenschaftliche Frage.

Der Rabbi übersetzte Frage wie Antwort: »Ein Blatt Papier mit einem grünen Fleck.«

Der Arzt der Nerven sah den Rabbi an, als hätte der die Frage falsch übersetzt. »Der soll sagen was er sieht, eine Figur oder einen Schmetterling, eine Wolke ... so was in der Art.« Der Arzt wurde laut und war genervt, da er einen Scharlatan vor sich wähnte.

Der Rabbi gab sein Bestes, die Antwort von Jachweh lautete jedoch: »Auf einem Papier, auf dem ein grüner Fleck ist, kann er kein Tier sehen, man möge ihn bitte nicht für verrückt halten.«

Der Rabbi versuchte, einen moderaten Weg zu finden, um diese Festsetzung zu beenden, und intervenierte mit allen Mitteln. Dem Arzt gingen nach einer Weile die Möglichkeiten aus. Nur hatte er den eindeutigen Auftrag, einen Grund zum Festhalten zu finden.

Letztendlich musste dem Fremden dennoch das Verlassen der Anstalt erlaubt werden, auch der Rabbi hatte Beziehungen, mit denen er zu drohen wusste.

So brachte man Jachweh stattdessen in ein Obdachlosenheim, um ihm weiter unter Kontrolle zu haben – die Einrichtungen für Flüchtlinge waren alle voll. Es wurden weder Waffen bei ihm gefunden noch Gegenstände, mit denen man jemanden verletzen könnte. Nicht mal ein Handy, nichts, was auf einen Anschlag hindeuten könnte, aber man war misstrauisch.

Der Rabbi konnte weiter nichts für ihn tun. Er ging mit der Zusicherung, sich weiter zu bemühen.

Am nächsten Morgen saß Jachweh an einem langen Tisch. Darauf lag neben Wurst und Käse ein Laib Weißbrot. Jachweh nahm es, brach Stücke ab und verteilte sie unter den Leuten und veranstaltete eine Predigt. Es verstand zwar keiner ein Wort, aber alles versammelte sich um ihn und die Menschen hörten gebannt zu.

Der Heimleiter wurde alarmiert und trabte eilig an. Er gesellte sich zu dem Personal, das respektablen Abstand hielt. »Was macht der da?«, fragte er in die ratlosen Gesichter.

»Der versteht es, Menschen zu fangen. Auf den muss man aufpassen«, meinte der Koch.

»Wieso ist das Weißbrot gebrochen, haben wir kein Brotmesser?« Eine Ablenkungsfrage, eindeutig, irgendein Aufreger musste her.

»Der hat es abgebrochen und unter den Leuten verteilt. Jedem ein Stück.«

»Wie … der hat jedem was gegeben?«, fragte der Heimleiter überrascht. »Von einem Laib Brot? Es sind gut fünfzig Leute und von dem Laib ist noch die Hälfte übrig?« Der Heimleiter sah jeden von seinem Personal einzeln an.

Die starrten nun Jachweh an.

Der Heimleiter nahm sein Handy und tätigte einen Anruf. An einem Schreibtisch wurde entschieden, Jachweh müsse zurück ins Sanatorium.

Er folgte den entsandten Beamten ohne Gegenwehr, Autofahren machte ihm mittlerweile Spaß. Man brachte ihn wieder ins Zimmer von *Moses*, der ihn mit einer freudigen Umarmung begrüßte, jeder redete auf den anderen ein, ohne dass sie sich verstanden.

In einem Raum der Anstalt trafen sich wichtige Leute: der Bürgermeister von Rom, der Anstaltsleiter der Nervenklinik, der Staatsanwalt, die beiden Beamte, die Jachweh aufgegriffen hatten, der Oberstabsfeldwebel der Carabineri Potenta Cervantes, ein Entsandter des Vatikans, Monsignore Incre-Dulitas und zu guter Letzt der Rabbi Slomesch. Sie setzten sich an einen runden Tisch, jeder gab jedem die Hand und man begrüßte sich mit einer Ernsthaftigkeit, als sei jeder von enormer Bedeutung.

Der Bürgermeister fragte den Anstaltsleiter: »Ist der verrückt oder nur ein Hochstapler?«

Der Anstaltsleiter, der sich gerade eine Tasse Kaffee füllte, sah den Bürgermeister an und antwortete. »Wir sind uns da noch nicht im Klaren. Also verrückt würde ich nicht sagen und für einen Hochstapler«, er zog die Schultern hoch, »also dazu ist er zu zurückhaltend, eher schüchtern. Das kann zwar eine Strategie von ihm sein, auch dass er nur Hebräisch spricht und so tut, als würde er kein

Wort verstehen. Er hat eine warme Art in der Stimme, mit der er Menschen fesseln kann, auch wenn keiner ein Wort versteht. Wie gesagt, wir haben keine Antwort auf diese Frage.« Er nahm auch einen Keks und lehnte sich in seinem Stuhl zurück.

»Nun, Rabbi Slomesch, Sie haben mit ihm gesprochen? Was sagt er und wo kommt er her?«

Dem Rabbi fiel die Antwort schwer, da er sich auch nicht sicher war, ob es sich bei Jachweh um den Sohn Gottes handelte. »Nun, Herr Bürgermeister«, der Rabbi machte gleich wieder eine Pause. »Nun, er sagte, er sei Gottes Sohn. Wo er her kam, sagte er allerdings nicht.«

»Soso, Gottes Sohn, ein Hochstapler, wenn Sie mich fragen!«, fuhr der Staatsanwalt dazwischen und sah jeden in der Runde an.

»Wem hat er denn Schaden zugefügt? Nur zu behaupten, er sei Gottes Sohn, ist kein Verbrechen. Sind wir nicht alle Gottes Kinder?«, verteidigte der Rabbi Jachweh mit Eifer.

Jachweh war natürlich nicht zu dem Gespräch eingeladen.

»Beruhigen Sie sich.« Monsignore Incre-Dulitas legte eine Hand auf des Rabbis Unterarm und sah ihn an. »Wir verstehen Ihren Eifer. Sie haben ihn gesprochen und haben eine Beziehung zu ihm. Schön, schön, es will ihn ja keiner hängen. Es geht nur um die Frage, wer er ist.«

Der Rabbi, dessen Schultern Anspannung zeigten, wurde etwas entspannter.

Der Oberstabsfeldwebel der Carabineri Potenta Cervantes richtete seine Frage an die beiden Beamten, die zwar im Raum waren, aber nicht am runden Tisch platznehmen durften: »Was hat der Fremde gesagt? Wo wollte er hin? Warum haben Sie ihn aufgegriffen? Ging eine Gefahr von ihm aus?«

Die beiden sahen sich an, als würden sie ausknobeln, wer antworten sollte. Sie waren vom Dienstrang gleich und sich nicht einig. Der

Schüchterne von beiden wurde vom anderen genötigt, sich zu erheben.

Tief durchatmend begann er mit seiner Geschichte: »Wir haben Streifendienst gefahren, es gab keine besonderen Vorkommnisse.« Er sah seinen Kollegen an, der mit einer Handbewegung zum Weitermachen drängte. »Nun, keine Vorkommnisse, wie gesagt, einige Passanten machten uns auf den Mann aufmerksam. Wir sind ihm ein Stück des Weges hinterhergefahren. Wir hatten schnell das Gefühl, er sei orientierungslos. Wir sprachen ihn an und da er sich nicht ausweißen konnte, haben wir ihn zur Feststellung seiner Identität aufs Revier gebracht.« Er setzte sich schneller hin, als er sich erhoben hatte.

Der Monsignore sah sich die beiden Beamten genau an, sagte dann in die Runde. »Wir erklären den Mann für verrückt und das Thema ist vom Tisch.«

»Das wäre die einfachste Lösung, nicht wahr? Aber so einfach ist das nicht. Wir wissen nicht, wer er ist und ob er alleine ist, wissen wir auch nicht. Was ist, wenn der darauf aufbaut? Wir stecken ihn ins Irrenhaus und der zaubert einen Rechtsanwalt aus der Tasche. Diagnostizieren kann ich da nämlich nichts. Nee, da mache ich nicht mit!«, fuhr der Anstaltsleiter dazwischen.

Der Bürgermeister sah Potenta Cervantes an: »Hat die Überprüfung von dem Mann etwas gebracht?«

Cervantes beugte sich vor und, legte die Arme gekreuzt vor sich auf den Tisch. »Nichts gefunden. Der Mann ist nirgends aktenkundig. Jedenfalls nicht in der zivilisierten Welt. Nachfragen beim FBI und so haben nichts gebracht. Das BKA lässt mitteilen, wir sollten halt mal in die Bibel gucken. Na ja, eine Ähnlichkeit ist ja durchaus vorhanden.«

Der Monsignore wurde ungehalten. »Es gibt reichlich Ähnlichkeitswettbewerbe, das hat nun wirklich nichts zu sagen. Einsperren, sage ich.«

»Und …«, sagte einer der Beamten halblaut.

Die Versammlung sah ihn an.

»Was und?«, fragte der Rabbi ungehalten.

»Wenn es irgend so eine Versteckte-Kamera-Sache ist? Heutzutage macht jeder so was, auch die Typen mit ihren Youtube-Kanälen und so … da kommt praktisch die halbe Welt infrage, wäre ja witzig, dem Vatikan einen falschen Jesus unterzuschieben.« Er schmunzelte.

Es wurde totenstill. Keiner sprach, jeder sah sich im Raum um und suchte nach einer Kamera und jeder sah in jedem einen Komplizen eines Senders.

Der Anstaltsleiter machte sich eifrig Notizen. »Was schreiben Sie denn da?«, fragte der Monsignore.

Der Anstaltsleiter ließ seine Augen einmal die Runde abfahren, betrachtete jeden wenige Sekunden lang, um dann zu sagen: »Ich beobachte ein starkes paranoides Verhalten und möchte Sie alle zur näheren Begutachtung vorladen.«

Alle starrten den Mann fassungslos an und begriffen, wie schnell man in den Genuss kam, falsch verstanden zu werden.

»So kommen wir nicht weiter!«, sagte der Rabbi, der wenig beeindruckt war und in der Keksschale nach den Schokokeksen fischte.

»Die Notizen werfen Sie weg«, sagte der Staatsanwalt mit aller Deutlichkeit. Nichts wäre ihm unangenehmer, als von einem Nervenarzt begutachtet zu werden. Er sah den Anstaltsleiter an, mit seinem erprobten Ich-kann-auch-anders-Blick.

»Wer behauptet, er sei Gottes Sohn, muss irre sein und gehört unter Verschluss«, betonte der Monsignore mit Nachdruck. Er wollte Jachweh von der Straße haben.

Keiner sagte: *Lassen wir den Mann doch für sich selber reden.* Man wollte sich nicht der Gefahr aussetzen, dass es ihm gelingen könnte, überzeugend zu sein.

»Also nun mal sachlich«, mischte sich der Bürgermeister ein. »Wenn der Mann der ist, der er behauptet zu sein, müsste er doch Narben haben an den Händen und an der Seite haben.«

Alle Blicke wanderten zum Anstaltsleiter, der Aufnahmen aus seiner Aktentasche zog und sie wortlos auf den Tisch legte. Sie zeigten Hände und Körper des Fremden, mit den besagten Narben. Auch Narben von Peitschenhieben auf dem Rücken waren zu sehen.

»Kann man sich selber beibringen!«, wetterte der Monsignore. »Es gibt genug Menschen auf der Welt, die sich peitschen oder kreuzigen lassen. Jedes Jahr zu Ostern. Das da ist kein Beweis!« Er warf die Bilder wütend auf den Tisch.

Der Bürgermeister sah den Anstaltsleiter an. »Könnten die Narben selbst beigebracht sein?«

»Klar, kann gut sein. Gerade bei religiösen Eiferern.«

Der Monsignore lächelte zufrieden.

Ein Bote reichte dem Bürgermeister ein Schreiben. Der las es aufmerksam. Zweimal. Dann sah er den Monsignore mit ernster Miene an. Dann ein Blick zum Anstaltsleiter. Es folgte ein Blick zum Rabbi. »Das hier, meine Herren, wird Sie interessieren. Dies ist ein Bericht vom Leiter des Obdachelosenheims. Er meint, es wäre wohl von Bedeutung.«

Er gab dem Rabbi das Schreiben, der es murmelnd las und dem Monsignore gab, der es nach kurzem Überfliegen auf den Tisch warf.

Potente nahm es und las. »Um Gottes willen«, rief er, »jeder kann Brot verteilen.«

»Das ist kein Beweis«, meinte der Staatsanwalt kurz angebunden. Er war verärgert. »Der hat sich das Brot unter seinen Umhang geklemmt und in die Herberge geschmuggelt. Fertig.«

Oberstabsfeldwebel Potenta sagte nüchtern: »Das wird wohl kaum möglich sein. Der Mann hatte keine Gelegenheit. Er war ja vorher bei der Polizei und in der Anstalt. Er ist von der einen Anstalt ins

Heim verbracht worden und er wurde gründlich durchsucht.« Er sah die beiden Beamten an.

Der Schüchterne musste wieder ran. »Nachdem wir den Mann auf der Wache hatten, haben wir ihn durchsucht und von einem Arzt begutachten lassen. Wir haben in alle Körperöffnungen geschaut. Es war kein Brot versteckt und beschnitten ist der auch.«

Sein Kollege riss an seinem Ärmel, damit der sich setzte.

»Beschnitten heißt nichts. Das sind Tausende andere auch!«, schimpfte der Monsignore, dem das Weißbrot auf den Magen geschlagen war.

»Der hat vielleicht nur ganz kleine Bröckchen abgebrochen, Krumen«, sagte der Staatsanwalt.

»Ja genau, nur Krumen!«, bestätigte der Monsignore.

»Ich weiß nicht«, sagte der Rabbi. »Als wir das letzte Mal Gottes Sohn nicht anerkannt haben, gab das ziemlichen Ärger. Zweitausend Jahre lang. Also …«

Der Carabineri brummte: »Erschießen wir ihn doch einfach. Wenn der nach drei Tagen wieder aufsteht, dann haben wir uns geirrt, und wenn nicht, hat er sich geirrt.«

»Sind Sie verrückt? Wir können doch nicht nur so einen Menschen erschießen«, empörte sich der Staatsanwalt.

»Ich bin fast geneigt dem zuzustimmen. Mir geht das hier auf den Nerv«, meinte der Bürgermeister. Dann »Also, Rabbi, Sie haben doch mit ihm gesprochen. Was genau hat er gesagt, wer er ist? Was er will?«

»Na ja, er sei Gottes Sohn und wolle auf seinen Thron«, antwortete der Rabbi zurückhaltend.

»Unfassbar!«, schrie der Monsignore.

»Lassen wir ihn doch ein Wunder vollbringen, einen Gelähmten gehend machen, so wie es in der Schrift steht!«, sagte der Carabineri nun.

»Du sollst den Herrn nicht versuchen! Steht auch geschrieben«, sagte der Rabbi.

»Wir drehen uns im Kreis und die Kekse sind auch alle«, resignierte der Bürgermeister.

»Wir haben keine Handhabe, mit der wir ihn weiter festhalten können. So ungern ich es auch sage, aber von Staats wegen müssen wir ihn gehen lassen. Er hat gegen kein Gesetz verstoßen.«

»Das ist Blasphemie, der muss hinter Schloss und Riegel«, ereiferte sich der Monsignore.

»Nun mal nicht so drastisch«, meinte der Bürgermeister.

»Wir können ihn auch nicht festhalten«, wiederholte der Anstaltsleiter.

»Fahren wir ihn nach Bern und behaupten, er sei Schweizer«, meinte der Carabineri.

Es entstand ein Anflug von Heiterkeit.

»Vor zweitausend Jahren hatte man es einfacher«, sagte der Monsignore.

»Lasst ihn doch einfach gehen und sobald der über ein Gesetz stolpert, haben wir ihn und die Dinge gehen ihren Lauf.«

Der Bürgermeister griff die Idee auf und sagte zu den beiden Polizisten: »Ihr werdet ihn aus der Stadt bringen. Schön weit vor den Toren Roms setzt ihr ihn ab. Von da an werdet ihr ihn im Auge behalten, schön auf Abstand bleiben. Der muss nicht merken, dass er einen Schatten hat. Bei der geringsten Gesetzesübertretung, den Fuß neben dem Zebrastreifen oder so, ist sofortiger Zugriff gefordert. Und alle Meldungen an über Handy an den Staatsanwalt, klar? Muss nicht jeder mitbekommen, dass wir die Dinge verbiegen, um die Welt im Lot zu halten. Verstanden? Zu keinem Menschen ein Wort!« Dem Bürgermeister standen die Schweißperlen auf der Stirn, so unwohl war ihm bei der Sache.

»Sollten wir ihm nicht neue Kleidung geben?«, fragte der Rabbi.

»Nein!«, herrschte ihn der Monsignore an.

Es ging noch eine Weile im Kreis, dann beschloss man, den Vorschlag anzunehmen, und ließ Jachweh gehen.

Die Fahrt durch die Stadt wurde weder von der Presse, die ohnehin nicht informiert war, noch von der Bevölkerung beachtet. Jachweh genoss die Fahrt, auch weil er stets Neues sah. Einmal zuckte er zusammen und wäre gerne unter dem Sitz verschwunden, als ein Hubschrauber über sie hinwegflog.

»Der zieht wirklich jedes Register!«, meinte der eine Polizist.

Zehn Kilometer vor der Stadt setzten sie ihn ab, wiesen ihm den Weg nach Mailand und ließen ihn stehen.

Aber Jachweh drehte auf dem nicht vorhandenen Absatz seiner Sandalen um und ging zurück Richtung Rom.

Die beiden Carabineri gaben ihre Meldung ab, ohne eine Order zu bekommen.

Jachweh nahm einen Stab, der am Wegesrand lag, und benutzte ihn, als hätte er nie etwas anderes gemacht. Menschen, die ihm begegneten, bekreuzigten sich.

Die Carabinieri meldeten alles fleißig per SMS an den Staatsanwalt.

»Der hat doch wieder die Richtung Vatikanstadt eingeschlagen. Wenn der nicht von hier ist, fresse ich einen Besen«, meinte der eine und meldete auch das.

Jachweh ging unbeirrt von der Moderne und vom Trubel. An den kurzen Röcken der Mädchen hatte er genauso sein Entzücken wie an denen, die ein Kopftuch trugen. Es ging auf die Nacht zu und eine Unterkunft wurde gebraucht. Das Licht einer Flamme, das in einer Mülltonne loderte, zog ihn an. Abseits der Straße in einer Unterführung, die schon seit Jahren still gelegt und teils eingestürzt war, versammelten sich die Obdachlosen zur Nachtruhe. Man hatte ein Dach über dem Kopf und in der Gemeinschaft fühlten sie sich sicherer.

Jachweh setzte sich ungefragt und ohne Argwohn in die Runde der Männer und Frauen. Es wurde eine Flasche Wein herumgereicht und jeder füllte sich einen Schluck in seinen Becher. Es langte gerade für eine Runde. Auch Jachweh wurde ein Becher angeboten, den er dankend annahm. Er erhob sich und zog einen Fisch unter seinem Umhang hervor, den er auf einen Stock spießte und über dem Feuer garte. Alle sahen ihn hungrig an, aber keiner bettelte. Er zog einen weiteren Fisch hervor und noch einen, bis jeder einen hatte.

Auch das ging als Meldung an den Staatsanwalt.

Der rief daraufhin die beiden Polizisten an: »Ihr wollt mich wohl verscheißern«, bellte er und legte wieder auf.

Mitten in der Nacht wurden die beiden Carabineri aus ihrem Schlaf geklingelt, den sie in ihrem Wagen hielten, die Unterführung stets im Blick. »Sobald es hell ist, schnappt ihr euch den Kerl und fahrt ihn zum Petersdom. Soll sich der Vatikan um den kümmern.«

In einem Büro, abgeschirmt vom üblichen Trubel, saßen der Staatsanwalt, der Monsignore und der Bürgermeister beisammen, um zu beratschlagen, was mit dem Fremden geschehen sollte, bevor die Geschichte aus den Fugen geriet. Einer, der Fische aus dem Nichts holte, war suspekt. Und wenn es Gottes Sohn war, dann war die Kirche genau der richtige Ansprechpartner.

»Ich bin nach wie vor fürs Wegsperren«, sagte der Monsignore.

»Lassen wir ihm seinen Auftritt im Dom. Dann haben wir ihn und es ist Ruhe, sagte der Bürgermeister, der übermüdet in eine Tasse schaute, in der kein Kaffee mehr war.

Der Staatsanwalt stellte sich an ein Fenster, das Büro war im achten Stock eines Verwaltungsgebäudes der Stadt. Man hatte eine gute Sicht über die Dächer. Der Mond schimmerte durch einen dünnen Wolkenschleier, die Straßenlaternen zogen sich wie Perlen durch die

Straßen, es waren nur vereinzelte Fahrzeuge unterwegs. Gedankenverloren und unausgeruht schweigend stand er da, minutenlang, der Bürgermeister begann einzuschlafen. »Ist es so unmöglich, dass er wiederkommt?«, fragte er in sein Spiegelbild.

Der Bürgermeister, dem gerade der Kopf auf den Tisch fallen wollte und der schon Speicheltropfen auf den Lippen hatte, schreckte hoch. »Wer ist da?«

Der Monsignore, dem auch die Augen schwer wurden, meinte: »Reden Sie keinen Blödsinn. Der ist ein Hochstapler, basta.« Er klatschte mit der flachen Hand auf den Tisch. Der Bürgermeister, dem der Kopf erneut auf den Tisch sank, fuhr hoch und rief: »Herein!« Der Kopf klappte endgültig auf den Tisch, er konnte sich nicht mehr wachhalten.

Der Staatsanwalt sah den Monsignore ernst an. »Sehen Sie sich uns doch einmal an, übermüdet und mitten in der Nacht entscheiden wir über einen Menschen, den wir nicht einmal kennen. Über ein Einzelschicksal, verurteilen ihn, nur weil er uns suspekt ist. Gehen wir da nicht zu weit?«

Der Monsignore schüttelte den Kopf. »Jeder von uns hat seinen Teil einer gesellschaftlichen Verpflichtung. Sie kümmern sich um die rechtliche, besser gesagt die unrechtliche Seite der Gesellschaft, das da«, er deutete auf den Bürgermeister, »ist für die Aufrechterhaltung der Demokratie verantwortlich und wir, wir kümmern uns um die Gläubigen und Beladenen, geben Halt in einer sich wandelnden Welt. Wir sind das Beständigste. Seit nunmehr zweitausend Jahren haben wir jede Veränderung überlebt, mitgemacht und herbeigeführt und da kommt so einer an und sagt *Juchhuh, nun freut euch*. Nein danke. Sobald der Sandalen-Heini seine Augen aufmacht, bringen ihn ihre Leute zum Petersdom, da wird sich die Schweizergarde seiner annehmen, da ist der in guten Händen.« Der Monsignore grinste gehässig.

Der Staatsanwalt schüttelte den Kopf und sah erneut aus dem Fenster. Am Horizont war bereits ein heller Streifen zu sehen, der die Sonne ankündigte.

»Was, mein Bester, würden Sie machen, wenn einer im Anzug in Ihr Büro kommt und behauptet, er sei der Justizminister, ha? Was? Sagen Sie es mir?«

»Ach, das ist doch kein Vergleich!« Der Staatsanwalt drehte den Kopf zum Monsignore und gleich wieder zum Fenster. »Ich würde ihn verhaften lassen und wegen Hochstapelei einsperren!«, antwortete er letztlich.

»Sehen Sie!«, rief der Monsignore zufrieden.

Die Straßen wurden mittlerweile von Sonnenlicht durchflutet und müde Köpfe erhoben sich von dem Tisch im achten Stock. Die Sonne knallte erbarmungslos ins Büro. Sie stand dem Fenster genau gegenüber.

»Nun haben wir es bald hinter uns«, sagte der Monsignore.

Der Staatsanwalt schaute auf die Uhr. Der Bürgermeister, der noch die Augen zu hatte, grinste mit den Worten: »Nun, Alessia, stell dich nicht an!«

Der Monsignore sah den Staatsanwalt fragend an.

Der antwortete: »Seine Sekretärin.«

Sie betrachteten das Handy, das auf dem Tisch lag.

»Wie müsste der Sohn Gottes auftreten, damit ihr ihn akzeptieren würdet? Mit einer goldenen Kutsche? Eine Krone auf dem Haupt und mit einem Tross von Wachen und Palmwedlern?« Der Staatsanwalt sah den heiligen Mann herausfordernd an.

»Ach kommen Sie! Es ist doch vorbei. Beenden wir das leidige Thema.«

Der Staatsanwalt blieb hart am Ball. »Wie müsste er erscheinen?«

»Na gut, ich habe keine konkrete Vorstellung, aber nicht heruntergekommen, ach, ich weiß es doch auch nicht.«

»Gib mir einen Kuss«, bat der Bürgermeister brabbelnd.

Das Handy brummte.

»Die haben ihn«, sagte der Staatsanwalt nach einem Blick aufs Display. »Sie bringen ihn nun zum Vatikan.« Und nach einer Pause: »Sollten wir es nicht doch abblasen?«

»Nein, es kann nicht sein, dass der auf dem Weg durch die Stadt noch mehr Fische aus dem Ärmel zieht. Womöglich hat der noch Mitspieler, die auf ihren Auftritt warten und mit einem Mal haben wir einen Heiligen auf den Straßen, der Lahme gehend macht. Nein, danke! Dann könnten wir einpacken. Wenn der ins Rampenlicht gerät, dann verlieren wir die Kontrolle. Ich habe auf dem Petersplatz Leute postiert, die ihn ohne Aufsehen aus dem Verkehr ziehen werden«, sagte der Monsignore.

»So überzeugt, wie noch vor Stunden, klingen Sie aber nicht«, bemerkte der Staatsanwalt.

»Die Zeiten der heiligen Revolutionen ist vorbei. Wir brauchen keinen neuen Glaubenskonflikt! Davon haben wir genug!«, sagte der Bürgermeister, der wieder voll da war. Nur die Tischplatte hat ihren Abdruck auf seiner Stirn hinterlassen.

»Alles was wir wissen ist das, was er gesagt hat. Und das haben schon andere gesagt.«

Der Monsignore hob den Zeigefinger: »Nur hat der hier aber eine beängstigende Überzeugungskraft, dass ich es nicht verantworten kann, ihn zu ignorieren. Es steht zu viel auf dem Spiel.« Der Monsignore atmete tief durch.

»Ich kann Sie gut verstehen, aber ich bewege mich auf dünnem Eis, das jederzeit unter mir wegbrechen könnte«, meinte der Staatsanwalt.

»Dünnes Eis ... scheiß drauf! Ich muss es mit meinem Kopf bezahlen, wenn rauskommt, dass ich einen unbescholtenen Menschen der Obhut von Arglist und Hinterhältigkeit ausliefere. Sie, Monsignore, können sagen, der Mann ist ein Gotteslästerer, und Sie, mein Guter, können behaupten, er wollte eine Bombe im Petersdom zünden. Ich bekomme die Prügel. Mir wäre lieber, der hätte einen Schnauzer und liefe in Berlin rum«, schimpfte der Bürgermeister.

Die Tür wurde mit Wucht geöffnet. Der Rabbi trat ins Zimmer.

»Der hat uns noch gefehlt«, brummte der Staatsanwalt.

»Woher wissen Sie, wo wir sind?«, fragte der Bürgermeister.

»Ihre Sekretärin war so nett, mir Ihr Versteck zu verraten. Eine redselige Haut und gut aussehend noch dazu. Ich verstehe Sie sehr gut, Herr Bürgermeister.«

Der Bürgermeister schimmerte etwas rot in der Sonne.

»Was treibt Sie in den achten Stock eines städtischen Gebäudes? Leiden Sie nicht unter Höhenangst?«, fragte der Monsignore.

»Ich hörte, Sie haben Jachweh verhaftet. Das missfällt mir!«

Der Staatsanwalt sah den Rabbi einen Moment lang an. »Da haben Ihre Spione Ihnen etwas Falsches berichtet. Wir bringen ihn zum Petersdom, somit seinem Ziel so nahe es geht.«

»Zum Dom?« Der Rabbi sah den Staatsanwalt ungläubig an. »Ihr lockt ihn in einen Hinterhalt. Ich kenne euch lang genug, um euch das zuzutrauen. Das werde ich nicht zulassen. Ob er nun der ist, der er sagt, oder nicht, ich kann ihn nicht ins Verderben laufen lassen.« Der Rabbi war außer sich.

Der Monsignore, der nicht wie der Staatsanwalt am Fenster stand, sondern die gesamte Nacht am Tisch gesessen hatte, wäre nun gerne aufgestanden, aber ihm waren die Füße eingeschlafen, drum winkte er den Rabbi zu sich: »Pass mal auf mein Rabbinerlein, wir bereinigen die Angelegenheit ohne Gewalt. Ihrem Schützling wird kein Haar gekrümmt.«

»Nee, nur der Kopf abgehauen«, mischte der Bürgermeister sich ein.

Der Monsignore sah ihn unwirsch an und fuhr fort: »Sollte er sein, was der vorgibt zu sein, dann ist auch Ihr Rabbinerleben vorbei.

Dann herrscht der über alles. Und ein Gott auf Erden, mein Bester, ist unvorstellbar. Im Himmel ist er gut aufgehoben. Jesus Jünger gingen zu Fuß, mit einem Esel, wenn sie Glück hatten, und in Sandalen, nicht in Prunk gewandet.« Dabei deutete der Monsignore auf seine Kleidung.

Der Rabbiner setzte sich neben den Bürgermeister und flüsterte ihm ins Ohr. Der Bürgermeister sah den Staatsanwalt entsetzt an. Der Monsignore sah den Bürgermeister fragend an. Der Rabbi sah den Bürgermeister abwartend an. Der Bürgermeister schien an etwas zu würgen.

»Was ist?«, fuhr ihn der Monsignore an.

»Um jemanden in den Himmel zu bringen, muss man ihn umlegen. Ist es das, was ihr vorhabt, und benutzt mich als Alibi?«

Der Staatsanwalt, der weiter aus dem Fenster sah, meinte trocken: »Der ist vor zweitausend Jahren gestorben. Einen Toten bringt man nicht um, nur unter die Erde. Der wird es gar nicht merken, das lassen wir von Profis machen. Sehr sanft. Ich bin müde und möchte ins Bett. Je schneller das vorbei ist, umso früher können wir an unser täglich Brot zurück.«

»Warum dieser Aufwand? Dann pustet ihn doch einfach um!«, schimpfte der Rabbi. Es hörte sich mehr nach einem Fluchen an.

»Wir wissen nichts über seine Hintermänner. Es könnten Beschützer in seiner Umgebung sein und eine Schießerei auf offener Straße wollen wir nicht riskieren. Wir machen es, wie geplant.«

Der Bürgermeister stand auf und begab sich zur Tür.

»Wo wollen Sie hin?«, fragte der Rabbi.

»Ich gehe in mein Büro. Ich habe eine Stadt zu verwalten und an einem Mordkomplott will ich nicht beteiligt sein. Das halten meine Nerven nicht aus.«

»Ja, gehen Sie in Ihr Büro. In einigen Stunden ist der Spuk vorbei. Wenn was ist, rufen Sie uns an! Denken Sie dran: Sie waren von

Beginn an dabei. Ein *Ich weiß nichts* ist nicht drin.« Der Staatsanwalt deutete mit der rechten Hand eine Schusswaffe an.

Der Rabbi sah dem Bürgermeister nach und wäre gerne mit ihm gegangen, blieb aber sitzen.

Die Tür fiel ins Schloss, Stille kehrte ein.

»Waren Sie nicht von Beginn an gegen Mord?« Der Rabbi sah den Staatsanwalt überrascht an.

»Oh, bin ich immer noch. Ich bin doch kein Mörder, mein Bester. Auch habe ich keinen Auftrag gegeben.« Der Staatsanwalt schmunzelte ins ihm gegenüberliegende Fenster.

Der Rabbi sah nur die Spiegelung. »Und was sollte das Gerede von Umbringen?«

Der Staatsanwalt wandte sich dem Rabbi zu »Ein geschmeidiger Bürgermeister hat seine Vorteile.« Er lachte.

»An Ihnen ist ein Politiker verloren gegangen!«, schmeichelte der Monsignore dem Staatsanwalt, der allerdings nicht anfällig für so was war, er hat andere Vorlieben.

»Was dürften wohl vor zweitausend Jahren die wahren Gründe für die Kreuzigung gewesen sein? Waren es dieselben Überlegungen? Ging es um dieselbe Frage: *Wer ist Herr im Hause*?« Der Staatsanwalt stellte die Frage erst in den Raum, dann dem Monsignore.

»Mich dürfen Sie nicht fragen. Ich war nicht dabei. Und er ist mein Chef, schon vergessen?«

»Wenn der Ihr Chef ist, warum lassen Sie ihn dann nicht auf seinen Thron?«, fragte der Rabbi frech grinsend.

»Na kommen Sie, Rabbi, unser aller Glaube ist doch mit diesem einen Mann verbunden. Jeder hat sich den Glauben zurechtgebogen, um seinen Vorteil aus der Geschichte zu ziehen, und so einen Wichtigtuer kann sich keiner leisten.«

»Seien wir doch mal ehrlich«, mischte sich der Staatsanwalt ein. »Wäre er der, der er behauptet zu sein, dann würde er mit einem

Blitz vom Himmel kommen, dem Papst den Arsch verbrennen und sich auf seinen Stuhl setzen. Da er das nicht tat, nicht einmal in der Nähe vom Vatikan aufgegriffen wurde, ist er ein Scharlatan und wird von uns aus der Stadt geworfen. Mögen ihn die Wölfe fressen, wir machen uns die Hände nicht schmutzig.«

»Amen!«, ergänzte der Monsignore.

Der Streifenwagen hielt vor dem Petersdom an der Biegung. Der schüchterne Polizist entstieg dem Fahrzeug als Erster und öffnete Jachweh die Tür. Der setzte mit einem breiten Lächeln im Gesicht sichtlich zufrieden seine Füße auf den Boden. Der Schüchterne half beim Aussteigen. Der andere Polizist litt unter Kreuzschmerzen. Er hatte vor Jahren einen Bandscheibenvorfall, der sich bei langem Sitzen bemerkbar machte. Sie stellten sich links und rechts von Jachweh auf und deuteten auf den Dom.

Bevor Jachweh ging, fuhr er mit einer Hand über den Rücken des Kreuzgeplagten und der Schmerz war weg. Jachweh ging zum Dom.

Der Schüchterne nahm das Handy und wollte melden, was geschehen war, aber sein Kollege nahm ihm das Handy weg und sagte nur:

»Ware abgeliefert. Der Befehl lautete *abliefern und entfernen.* «

»Warum sagst du nichts von deinem Kreuz? Er hat dir doch geholfen, das habe ich doch gesehen?«

»Die stecken uns in die Klapse, nein danke.«

»Ich glaube nicht.«

»Oh doch, mein Lieber! Warum meinst du wohl, treiben die einen solchen Aufwand? Weil der so einen schönen Umhang trägt? Die haben Angst, glaub mir, die haben Angst!«

»Warum sollten die Angst haben? Der tut doch keinem was?«

Der Polizist sah seinen Kollegen an. »Wer behauptet, dass er der Sohn von dem da oben sei und Fische aus dem Ärmel zaubert, der macht einigen Leuten nun einmal Angst und Zeugen leben gefährlich.«

Jachweh ging auf den Dom zu und verschmolz mit der Menschenmenge, die Augen staunend auf den Obelisken gerichtet. Die enorme Größe und Pracht der gesamten Anlage erschlugen ihn geradezu. Das machte ihn gleichermaßen ungehalten, denn mit Demut hatte das Ganze nichts gemein. Die auf den Dächern des Doms postierten Scharfschützen, die auf ihn angelegt hatten, waren die Einzigen, die ihn im Blick hatten. Jachweh bemerkte sie nicht. Es gab keinen direkten Schießbefehl. *Nur beobachten und etwaige Komplizen aufspüren*, lautete die Order. Nur im eindeutigen Gefahrenmoment war der sofortige finale Schuss erlaubt. Auf dem Platz in seiner Nähe waren Beamte in Zivil, die von den Schützen auf dem Dach gelenkt wurden, um nicht in der Masse verloren zu gehen.

Jachweh ging auf einen Posten der Schweizergarde zu. Bei jedem Schritt, den er machte, sah er sich um. Es war reine Neugier, denn eine so gewaltige Anlage hatte er zuvor noch nicht gesehen. Doch sein Vorgehen wirkte wie absichernd, einschätzend und das machte die Sicherheitskräfte nervös. Die Schützen, die schon durchgeladen hatten, lösten den Sicherungshebel Sie waren aufs Äußerste angespannt. Der Abzug war bis zum Druckpunkt durchgezogen. Eine Zuckung im Finger genügte nun, um einen ungewollten Schuss abzugeben.

Auf Hebräisch fragte Jachweh, wo der Papst sei und ob er ihn sprechen könne. Der Mann aber sagte nichts, es war ihm verboten, Jachweh empfand das als unhöflich. Urlauber aus Israel halfen ihm zu verstehen, wie das hier so ablief: Man musste eine Audienz beantragen. Einfach hingehen war nicht. Sie geleiteten ihn zur Touristeninformation, die sich auf der linken Seite des Petersplatzes befand.

Man erklärte Jachweh, dass er 28 Euro bezahlen solle, wenn er mit dem Papst eine Audienz haben wolle. Jachweh erklärte den Leuten, dass er Gottes Sohn sei und keine 28 Euro für den Papst habe, aber man lachte nur über ihn. Da war es mit seiner Geduld vorbei und er rastete aus. Das hatte er schon mal gemacht: Tische umgeworfen, weil ihm das Treiben in einem Tempel nicht gefiel. Das kam schon vor 2000 Jahren nicht so gut an und auch an diesem Tag war es keine gute Idee. So wurde er vom Sicherheitspersonal festgenommen. Die Touristen, die es nur gut gemeint hatten, entfernten sich eiligst.

Nun hatten die Behörden was sie brauchten, um Jachweh aus den Verkehr zu ziehen. Mitarbeiter der Schweizergarde geleiteten ihn durch einen Nebeneingang an die frische Luft, wo ihn die Guardiacivil übernahm. Der Auftrag lautete *zur Israelischen Botschaft* bringen, denn der Sprache nach war er halt Israeli.

Sie hatten noch keinen Kilometer zurückgelegt, da wurden sie gestoppt, von einem Wagen, in dem vier Personen saßen. Es wurde ein Ausweis des Geheimdienstes gezeigt und mit den Worten »Ab hier übernehmen wir« wurde ihnen Jachweh abgenommen.

Der Geheimdienstwagen fuhr aus der Stadt in eine dünn besiedelte, fast menschenleere Gegend. Der Wagen hielt und zwei Mann stiegen in ein bereitstehendes Fahrzeug und fuhren zurück nach Rom.

Jachweh saß nun alleine auf dem Rücksitz. Er redete, aber es hörte keiner hin. Man sprach nicht mit ihm. Es verstand auch niemand Hebräisch.

Der Fahrer, der eine Sonnenbrille trug, sah immer wieder in den Rückspiegel. Er lächelte nicht. Er sah seinen Beifahrer an und erneut in den Rückspiegel: »Glauben die im Ernst, dass von dem da eine Gefahr ausgeht?« Er schüttelte den Kopf, aber Auftrag war Auftrag.

Sein Kollege sah nicht nach hinten, nur stur geradeaus, irgendwo in seinen Gedanken, die Hände gefaltet vor sich auf dem Schoß liegend. Aus dem Schweigen heraus begann er zu reden: »Ich weiß nicht. Aber wenn man bedenkt, dass Jesus eine geniale Idee hatte, eine Marktlücke sah, ins Geschäft einstieg ... dass er am Kreuz enden würde, war wohl nicht eingeplant. Aber seine Geschäftsidee funktioniert bis heute. Zweitausendjähriges Jubiläum. Das muss erst mal einer nachmachen Selbst die Römer haben nur Tausend Jahre hinbekommen. Klar geht von dem eine Gefahr aus. Noch so eine Geschäftseröffnung und die Welt steht Kopf.«

Eiskaltes Schweigen herrschte von nun an im Wagen. Jachweh schwieg mittlerweile ebenfalls. Er wusste, es war seine letzte Fahrt.

An einer entlegenen Stelle stoppte der Wagen. Der Fahrer stieg aus, zog eine Waffe aus der Innentasche seines Jacketts, drehte in aller Ruhe einen Schalldämpfer auf den Lauf und bedeutete Jachweh, aus den Wagen zu steigen. Er drängte ihn zu einem bereits ausgehobenen Loch, an dessen Ende ein Erdhügel war, in dem eine Schaufel steckte. Der Mann, der kein Wort sagte, deutete mit einem Finger auf Jachweh und dann auf das Loch in der Erde, um ihm dann die Waffe zu zeigen.

Jachweh hob die Hände gen Himmel und sah empor. *Vater im Himmel. Warum haben die Menschen nichts dazu gelernt?*

Die Antwort könnte nur er hören: *Mach dir nichts daraus. Wir haben noch andere Planeten, auf denen du wandeln kannst. Komm nach Hause, das Essen ist fertig.*

Der Fahrer stellte sich neben den Mann mit der Waffe. Sein eisernes Lächeln auf den betonharten Lippen verriet Entschlossenheit. Mit kalter Stimme sagte er: »Steht nicht in der Bibel: *Der Hahn wird dreimal krähen, bevor du mich verraten wirst?*«

Da stand er nun am Rande des Grabes, das man für ihn ausgehoben hatte. Weit und breit kein Mensch, kein Haus, nicht eine noch so kleine Behausung. Der mit der Sonnenbrille legte die Waffe an, bereit den Abzug durchzuziehen. Ein Hahn krähte deutlich, als stünde er neben den Männern. Er krähte dreimal und es lief den beiden Auftragskillern eiskalt den Rücken runter. Sie sahen sich an. Sie sahen sich intensiv an.

Der Fahrer, der mehr an Gott zu glauben bereit war, als ihm bewusst war, sagte zu Jachweh: »Hau ab und lass dich nicht noch mal erwischen. Beim nächsten Mal machen wir dich kalt.«

Doch vor den Augen der beiden fuhr Jachweh in den Himmel.

Der mit der Sonnenbrille seufzte: »So eine Scheiße.«

Sie setzten sich in den Wagen und fuhren schweigend zurück nach Rom. Sie hatten nur einen Gedanken: Wie sollten sie dereinst erklären, dass sie den Sohn Gottes erschießen wollten. Dass man den Auftrag hatte? Solche Ausreden kommen bei Vätern in der Regel nicht so gut an. Aber zum Glück war ja noch etwas Zeit, bis man sie das fragen würde …

Vor ihnen explodierte ein Tanklastzug voller Benzin, sie rasten mitten rein.

Die Behörden verweigern bis heute jede Auskunft über diesen Unfall. Und das Loch mit der Schaufel auf dem Hügel ist bis heute nicht zugeschüttet worden. Man vermutet, es wird noch gebraucht.

Ich wollte nur grillen

Es war der erste Tag der Sommerferien. Für die Kinder ein *Juchhu*, für mich drei Wochen Urlaub. Und so hatte ich es mir vorgestellt: Ich wollte Tagesfahrten mit der Familie unternehmen, Kino, Museum, Strand, gemeinsames Frühstück im Garten unter freiem Himmel … so in der Art.

Familie? Das bin ich, Hubert Halbert, verheiratet mit Sandra Halbert – logischer- und glücklicherweise. Zwei Jungs machen die Familie zum Erlebnispark, Unterhaltung pur: Max der Jüngere, sieben Jahre, bedarf noch der Nestwärme, die er sich holt, wann immer er sie braucht, und Tobias, neu Jahre, der mit zwei Kosenamen ausgestattet wurde: *Tobi* und *Was machst du da*. Dann ist da noch unser Dackel mit dem wunderschönen Namen *Waldi*. Kein Dackel kann so schön *Waldi* heißen wie dieser. Eine Katze rundet das Bild der glücklichen Familie ab. Die Katze, die auf *Maunzie* nicht hört, aber so heißt, hat ihren eigenen Kopf, den sie auch zu benutzen weiß.

Ich bin noch 33 Jahre alt, aber altere täglich weiter. Meine Frau Sandra, die sich um die Belange der Familie kümmert, kann sehr liebevoll sein und vertritt ein herzensgutes Wesen, das leider auch mal Ausgang hat und dann austritt und ordentlich zutritt – dann ist sie zu meinem Bedauern jemand anders. Aber zum Glück hat der liebe Gott das vorausgesehen. Ich weiß nicht, ob der verheiratet ist und seine eigenen Erfahrungen hat, aber er hat in weiser Voraussicht – oder aus Mitgefühl? Er weiß ja wen er da erschaffen hat – Ohrenklappen für mich eingebaut, die fest installiert sind und verschlossen werden können. Beim ersten Anzeichen von Ungemach kommt der Befehl *Tauchen* und die Schotten werden geschlossen, der Kopf eingezogen, sodass nur noch die Haare aus dem Kragen schauen.

Wie gesagt, ich hatte geplant, Tagesfahrten mit der Familie zu unternehmen. Für heute hatte ich *Museum mit Stadtbummel* und *Kaffee mit Sahnetorte* vorgesehen. Wann kann man sich auf den Straßen besser entspannen als in den Ferien, wenn alles auf den Beinen ist und sich erholen möchte? Man kennt das ja: Man geht entspannt in den Urlaub und kommt genervt zurück, um im nächsten Urlaub denselben Fehler zu wiederholen: der Flieger hatte Verspätung oder wurde gestrichen, blau womöglich, das Schiff ist gesunken und nur die Schwiegermutter wurde gerettet … Man kennt diese Geschichten nur zu gut. Und darum Tagesfahrten, da kann nichts schiefgehen.

Seit zehn Jahren sind wir nun schon verheiratet, das heißt, es werden zehn. Ich darf nur nicht vergessen, zum zehnten einen Tisch zu ordern und einen Aufpasser für die Jungs zu besorgen, ich werde mir eine Notiz machen. Zu meinem Leidwesen gehört *vergessen* zu meinem Problem – immer Geburtstage, Hochzeitstage und solche Dinge. Weihnachten noch nicht, weil ich da ja auch Geschenke bekomme. Nun, es war Liebe und nicht Vernunft, und doch war es vernünftig, diese Frau zu heiraten. Ich bekomme immer noch ein Kribbeln im Bauch, wenn ich an sie denke.

Wir kennen uns schon aus der Schulzeit, ob es da schon Liebe war? Ich weiß es nicht, jedenfalls war sie immer der Grund, warum ich unsicher wurde, sobald sie in meine Nähe kam. Ich weiß es noch, als würde es gerade geschehen, und es geschieht gerade wieder, wie ich mich in sie verlor. Um es mal deutlich zu sagen: etwas Besseres wie mich konnte ihr auch nicht geschehen!

Die Liebe schlug ohne Vorwarnung zu. Es war Hochsommer, es erwischte mich in einem Zeltlager, in das uns unser Lehrer verschleppt hatte. *Zeltlager* – alleine die Bezeichnung schreckte mich, im Wald womöglich mit Zecken und Spinnen zu hausen, die sich des nachts vom Zeltdach an einem Faden hängend herablassen würden, genau auf mich, womöglich noch auf mir landen und mir übers Gesicht krabbeln. Boah – alleine bei dem Gedanken wurde mir gruselig. Und Ameisen, die überall hinkrabbeln und einen da dann beißen. Kein Fernsehen, kein fließendes Wasser, womöglich auch noch kalt, Brrrr, nee, ohne mich. Aber die Gewaltenteilung war gegen mich – der Lehrer hatte Gewalt, ich keine – und so musste ich in den Apfel beißen und geriet ins Paradies. Da waren wir zwölf junge Jahre alt.

Die Mädchen hatten in einem Zelt ihre Betten, wenn man die Gestelle so nennen mag, und die Jungs machten in einem anderen Zelt die Beine lang. Es war eine Vollmondnacht, nach einem heißen Tag, und ich musste *für kleine Jungs*, der Weg zum Verdauungsrest-Entsorgungs-Portal führte am Zelt der Mädchen vorbei. Vor dem Zelt standen vier Mädels und unterhielten sich über Jungs – das konnte ich hören, aber nicht verstehen. Wir sind doch nett, die meinten, wir seien lästig. Sie konnten in dem überheizten Zelt offenbar genauso schlecht schlafen wie die Jungs. Das Zelt der Mädels stand einen Spalt offen und der Mond schien hinein – genau in ihr Gesicht. Sie schlief, hatte ihre Hände zusammengelegt und unter den Kopf geschoben, ihr Mund war leicht rosa und die Lippen zart und schmal. So friedlich, wie sie da lag, hatte sie mich gefangen ohne einen Finger zu krümmen, mich angekettet für die Ewigkeit. Ihre Lippen zauberten ein Lächeln in ihr Gesicht; ob sie merkte, dass sie mich mit einem Blattschuss niederstreckte? War sie wach und hatte nur die Augen geschlossen? Es war mir in diesem Moment egal. Ihre Haut schimmerte im Mondschein wie etwas Überirdisches, als würde sie lumineszieren. In diesem Moment geschah etwas mit mir, das ich nicht kannte und das mich überwältigte. Heute nenne ich es *Liebe*. Es bedarf nicht immer des Singens der Loreley, um verloren zu gehen. Ich stand da wie angewurzelt und sah nur noch ihr Gesicht und folgte ihrem Atemzug, der die Decke anhob und senkte. Das Gezeter der vier Mädels vor dem Zelt – »Was starrst du so?« – weckte sie und ihre Augen, die im Licht des Mondes leuchteten, erblickten mich. Sie sah mir direkt in die Augen, für einen Moment nur, aber lange genug, um mich zu hypnotisieren; dann zog sie ihre Decke über sich.

Von dem Punkt an nahm mein Leben eine andere Richtung. Das Gezeter schreckte auch mich auf und ich sah zu, dass ich Land gewann, das in der Ferne lag – bevor womöglich der Lehrer aus seinem Zelt auftauchte und mir eine Standpauke hielt. Der Lehrer hatte uns eindeutige Verhaltensregeln eingebläut: Keine Belästigungen! Sollten die Jungs den Mädels zu nahe kommen, so die unmissverständliche Ansage vom Verantwortlichen, sollten diese denen ins Gehänge treten, das hatte der genauso gesagt, oder vielleicht hat er auch noch einen blöderen Ausdruck benutzt, *Kronjuwelen* oder *Glockengeläut* – wer merkt sich schon so was?

Von diesem Moment an, war es jedenfalls um mich geschehen und es brachte auch nichts, mir einreden zu wollen, ich sei noch zu jung für Gefühle dieser Art. Meine Mutter machte sich Sorgen wegen meiner Appetitlosigkeit. Warum kein Hunger mit der Liebe Hand in Hand geht? Keine Ahnung. Die Gefühle sind ein Feuer, das man nicht mit Vernunft löschen kann. Jedes Wort dagegen wirkte wie Brandbeschleuniger. Jedenfalls versuchte ich, ihr aus dem Wege zu gehen, und suchte zugleich ihre Nähe. Ich traute mich kaum sie anzusprechen und wurde zornig, wenn sie mit anderen Jungs redete. Ich verstand mich nicht mehr und dann dieses andere Gefühl von Leere, wenn ich sie nicht sah, das machte mich unwirsch. Ich war dann von einer inneren Unruhe befallen und wurde unleidlich anderen gegenüber. Worte wie »Ach, lass mich in Ruhe« und »Geht dich nichts an« waren noch die harmloseren, auch wenn es die Freunde nur gut meinten. Sie hatten ja keine Ahnung, welche Krankheit, welches Fieber mich befallen hatte. Dieses Fieber hieß *Sandra*.

An einem warmen Sommertag, ich war mittlerweile 14, sie einen Monat älter – ich habe eine ältere Frau geheiratet, oha! –, ich weiß es noch genau und ich werde es nie vergessen ... Ich muss in diesem Moment schmunzeln, als ich dran denke, so peinlich und albern war das. Ich war mit Freunden im Freibad, tauchen und mit Arschbombe ins Wasser und so. Ausgelassen und wild, wie man als Jugendlicher nun einmal ist – zum Leidwesen derer, die sich *erwachsen* schimpften. Dann war sie da, wie aus dem Boden gewachsen. Sie stand am Beckenrand mit ihren Freundinnen. Sie diskutierten, ob erst ein Eis und dann ins Nass oder umgekehrt. Ich weiß nicht, ob sie mich sah, aber ich hörte ihre Stimme in all dem Gewirr von Geräuschen trotz dem Wasser im Ohr und mein Kopf drehte sich wie magnetisiert in ihre Richtung, einer Kompassnadel gleich. Und da stand sie in ihrem Bikini. Mir stockte der Atem. Und sie? Sie ging einfach weiter. Ein sonderbares Gefühl breitete sich in meinem Körper aus. Ich schwamm fortan auf dem Bauch. Die meisten Schiffe hatten *Kiel unten*. Ich auch. Wäre ich auf dem Rücken geschwommen, hätte ich eine Wal-Finne gehabt, die eines Pottwales, na klar. Ich musste im Wasser bleiben, bis ich runzelig wurde, was ich nicht bemerkte. Sie hatte mich gesehen und ihrerseits nicht aus den Augen gelassen. Jahre später sagte sie mir, dass sie von meiner peinlichen Lage alles mitbekommen hatte und das war mir im Nachhinein nach all den Jahren immer noch peinlich. Und nun lag sie da neben mir und zersägte das Bett. Und ich habe noch immer dieses übermannende Gefühl, wenn ich sie so sehe. Ich hoffe, es wird nie enden.

Nun, wie gesagt, es war der erste Tag der Erholung – Entspannung war angesagt. Ich hatte nicht nur den Wecker auf stumm gestellt, ich hatte auch die Batterie rausgenommen – sicher ist sicher. Ich lag linksseitig im Bett und auf der linken Seite, die Beine angewinkelt, das Kopfkissen zusammengeboxt, damit es schön fest unterm Kopf lag. Ich kann es nicht ab, wenn der Kopf tiefer liegt als die Schulter, so muss das arme Federvieh, das in dem Kissen steckt, einiges ertragen. Und das Gute: Ich habe freie Sicht aufs Fenster, nicht irgendein Zipfel vom Kopfkissen, der einem vor dem Auge steht und die Sicht auf den Vorhang vermiest.

Es wurde langsam hell im Zimmer und die Augen hatten Mühe, noch länger geschlossen zu bleiben. Ob es an der Sonne lag, die ihre Strahlen durch den Vorhang schickte, um dann durch meine Augenlieder und die Pupillen auf die Netzhaut zu prasseln, oder ob es am Schnarchen meiner Sandra lag, weiß ich nicht, jedenfalls war ich wach. Für gewöhnlich weckte mich mein treuer Schlafzerstörer um halb Sechs und ich war munter. Nun, ich sah nicht auf die Uhr, die war ja antriebslos, aber es war wohl sieben Uhr durch und ich war matt, nicht erholt oder aufgeweckt. Nur matt. Ich dachte an ein *Hallo, magst mal Ruhe geben*, aber ich schnarche auch und sie sagt dann ja auch nie was – sie schubst mich einfach aus dem Bett. Also wenn schon wach, dann auch in die Gänge.

Ich drehte mich auf die rechte Seite, stützte den Kopf in die rechte Hand, der Ellenbogen drückte sich in die Matratze. Da lag sie, sie hatte die Sommerdecken aufgelegt, die schön dünn sind und sich Körpergerecht anschmiegen. Sie lag auf dem Rücken, den Mund weit geöffnet und es schnarchte aus ihrem Rachen. Ich sah ihr zu, wie sich der Brustkorb hob und senkte; ein Schmatzen unterbrach gelegentlich das Schnarchen. Und wieder hob sich der Brustkorb und senkte sich erneut. Bevor sie wieder Luft einziehen konnte, hielt ich ihr die Nase zu – ein Spaß. Sie öffnete nicht die Augen, schlug nur meine Hand weg und drehte mir den Hintern zu, mit einem knurrigen: »Lass mich in Ruh.«

Ich kroch unter meiner Decke hervor und unter ihre, schmiegte mich ganz nah an sie, legte meinen Arm um ihren Brustkorb und zog sie fest an mich. Sie drückte ihren Körper gegen meinen. So lagen wir einige Minuten aneinandergeschmiegt, schweigend den

Moment genießend. Sie fragte mich, ob ich mich noch an die erste Nacht erinnern könne, in der sie sich mir schenkte.

»Wie kommst du denn jetzt darauf? Es war ein besonderer Tag«, antwortete ich. »Da hast du gepupst ... vor Aufregung.«

»Habe ich nicht.« Sie hob den Kopf, drehte ihn soweit es ging zu mir, sah mich aus den Augenwinkeln an und fragte: »Was drückt denn da gegen meinen Hintern?«

»Oh«, sagte ich und erklärte ihr: »Das wird wohl der Kölner Dom sein, der soeben errichtet wurde.«

Und es war ein schönes Bauwerk, kann ich nur betonen, aus reinem Beton gegossen.

»So, der Kölner Dom?«, sagte sie lachend.

Ihr Hintern drückte fester, mit leichten Auf- und Abbewegungen gegen den Glockenturm, was den Zement noch fester machte.

»Was hältst du von einem Kirchgang?«, fragte ich erwartungsvoll, wie man sich denken kann.

»So richtig mit Posaunenchor?«, fragte sie, Hoffnung weckend und Gefühle in die Lenden sendend.

»Ja, mit Posaunenchor und Lippenbekenntnis.«

Sie drehte sich zu mir um und schob ihre Hand, die weich und zart war, unter mein Hemd, streichelte meine Brust und zwirbelte meine drei Brusthaare. Ihre Hand glitt an meinem Oberkörper entlang am Bauchnabel vorbei, den sie einmal mit der Fingerspitze umrundete, zielgerichtet zum Kirchplatz – die Fingerkuppe des kleinen Fingers berührte bereits die Spitze des Glockenturms. Ich zog den Bauch ein und streckte die Beine aus, um mich darauf vorzubereiten, mich auf den Rücken zu drehen und dem Dom den nötigen Freiraum zu geben.

Da flog die Schlafzimmertür auf – die öffnete nach innen – und krachte gegen den Türstopper. Der kleine Max stand in der Tür, hellwach und fit wie ein Turnschuh. Kinder, so wird behauptet, wissen instinktiv, wenn Nahrungskonkurrenz gezeugt wird, und können es gezielt unterbinden. Mit dem Wort »Sommerferien« auf den Lippen, das er an der Tür begann, landete er im Bett, wobei ich nicht weiß, wie es dem Knaben gelang, von der Tür durchs Zimmer zu fliegen und ohne Anlauf zu nehmen – aus dem Stand heraus fünf Meter durch die Luft – genau zwischen Vater und Mutter zu landen. Die zarten Arme umschlangen auch gleich den Hals der Mutter und der Kopf des Kleinen drückte ihre Wangen zwischen die Kiefer und den Kopf ins Kissen, sodass sie kurz vorm Ersticken war, aber was tut man nicht alles für die Kinder. So zart die Ärmchen, so zart auch die Beinchen, die von kleinen Füßen getragen wurden, an denen zarte kleine zierliche Hacken waren. Eine solche kleine Hacke, so zart und zierlich, traf genau auf das Fundament des Kölner Doms. Mein linkes Auge flutschte fast aus dem rechten Ohr, das rechte linste aus dem linken Ohr. Meine Lippen bremsten erfolglos ein Geräusch, das sich anhörte, als würde Wasser überkochen: »Ssscccchhheeeeiiissssseeeeeee!«

»Was ist passiert?«, fragte meine Frau besorgt.

Ich sagte nach einem tiefen Atemzug: »Der Kölner Dom ist soeben eingestürzt.«

Sie verzog mitfühlend das Gesicht und meinte: »Schlimm?«

Frauen haben keine Ahnung, wie es ist, wenn das Glockenspiel mit einem viel zu großen Hammer angeschlagen wird. Die höchsten Orgeltöne langen nicht, um das Kreischen der Engel zu übertönen.

Ich rollte mich in meinen Teil des Bettes und versuchte, nicht auf der Stelle zu platzen. Auf der Bettkante sitzend, die Beine leicht gespreizt, tief atmend mit beiden Händen fest in die Matratze greifend, um dem Schmerz entgegenzuwirken, der sich weit in die Leiste vorgearbeitet hatte, genoss ich das Abklingen. Die Bezeichnung *Abklingbecken* bekam für mich eine völlig neue Bedeutung.

Aus dem Heizungsraum ertönte Geheul. Dort hatten die Pelztiere ihr Quartier. Jeder hatte da seinen eigenen Schlafplatz, und doch musste die Katze im Korb vom Dackel schlafen, dicht an ihn gekuschelt – warum? Womöglich suchte die Katze die Wärme vom Dackel. Die Heizung war im Sommer auf Sparmodus und nur für Warmwasser da. Eine Liebe zwischen den beiden? Weitgefehlt. Sobald die Katze erwachte, stieg sie aus dem Körbchen vom Dackel. Das bekommen auch nur Katzen hin, mit Gestelze aus einem Korb zu steigen, wie eine Grazie. Dann wurden die Beine in den Boden gestreckt, der Buckel durchgebogen einmal mit weitaufgerissenem Maul gegähnt, frechgrinsend hingestellt und mit einer Kralle gezielt die Nase vom Dackel gestreift, um im selben Moment durch die Katzenklappe zu verduften, die in den Flur führte. Der Dackel musste erst einmal erfassen, was geschah, obwohl er das kannte. Es folgte ein dusseliger Rundumblick und dann das Gejaule. Der folgende Sprung aus dem Korb – erst die Vorderbeine, dann der dicke Hintern mit den beiden angehängten Beinen hinterher – war … elegant oder so. Und nun, da der Dackel stand und begriff, dass sein Körbchengenosse ihm eine gewienert hatte, begann das Gekläffe und Gejage durch die Wohnung.

Der Dackel hatte nicht die geringste Chance, die Katze zu erwischen. Im Hauswirtschaftsraum war Sackgasse, glaubte der Dackel immer; es war oft dasselbe und der Dackel begriff es einfach nicht: Die Katze rannte hinein, der Dackel stand an der Tür: *Hab ich dich!* Die Katze sprang auf den Trockner, rüber zur Waschmaschine und hinter dem Dackel zurück in den Flur, dem Dackel dabei eins auf den Arsch gebend. Und das Geheule und Gejage begann von Neuem.

Nach der dritten Runde ging es die Treppe hinauf zu den Kinderzimmern. Aber das muss man sagen: die Katze war auch fair. Da der Dackel jede Stufe einzeln nehmen musste und nicht wie das geschmeidige Raubtier in einem Satz die gesamte Treppe, stand sie an der oberen Stufe und wartet gelangweilt. Dann verschwand sie im

Bücherregal in der dritten Ebene. Für den Dackel unerreichbar lag sie dann da, die Beine aus dem Regal hängend lassend, den Kopf ebenfalls abwärts gerichtet, den Dackel fest im Blick; wie hingegossen und gelangweilt. Nur die Schwanzspitze zeigte an, dass dieses Raubtier auf der Lauer lag und nur einen passenden Moment abwartete, um seiner Beute den Gnadenstoß zu verpassen. Der Dackel sprang vor dem Regal auf und ab und kläffte, was das Zeug hielt. Die Katze gähnte gelangweilt und geduldete sich, bis der Dackel aufgab – Katzen haben eine bewundernswerte Geduld. Dann kam der Moment, da der Dackel aufgab, noch ein kleiner halbherziges *Wuff* von sich gab. Der Dackel wendet mit erhobenem Haupt, wie ein Sieger, und ging einfach. Das war der Moment, auf den die Katze gewartet hatte. Sie floß aus dem Regal, anders ist es nicht zu beschreiben, fiel wie ein Wassertropfen vom Blatt eines Baumes hinunter, dem Dackel dabei eine verpassend, und die Treppe in einem Satz abwärts. Der Dackel drehte sich mit Gejaule, schnappte einmal mehr ins Leere und die Hatz begann aufs Neue.

Diese Hatz ging in der Regel dreimal und endete dann wie ein Wunder in der Küche am Fressnapf – und auf einmal, oh Wunder, war Friede, als wäre nichts gewesen. Dann putzte die Katze dem Dackel die Reste aus den Lefzen, wie ein Herz und eine Seele. Eine Katzenklappe in der Tür erlaubte beiden das Betreten und Verlassen des Hauses.

Ich saß also auf der Bettkante, Hund und Katze hetzen an der Tür vorbei – erste Runde. Ich warf noch einen Blick auf meine Frau, aber von der war nichts zu sehen, nur der kleine Max, der sich wie eine Fledermaus an ihren Hals geklammert hatte. Ich beschloss, mich zu erheben, achtete dabei auf jede Bewegung; nur nicht die Beine zu fest aneinanderdrücken beim Aufstehen. Ich stellte einen Fuß, ich meine, es war der linke, fest auf den Boden und drückte mich in die Höhe, stellte den rechten auf und in dem Moment durchfuhr es mich: »So eine Scheiße!« Ich ließ mich aufs Bett sinken.

Meine Frau erhob sich mit der Frage: »Was ist passiert?«

Ich hielt meinen rechten Fuß in der Hand und betrachte die Hacke. Klebte da nicht ein kleiner roter Legostein? Einen tiefen Abdruck in der Hacke hinterlassend, entferne ich das Ding und fluchte. »Wo kommt das Teil auf einmal her? Das lag nicht da, als ich zu Bett ging.«

Sandra tastete die Taschen von Max' Nachthemd ab und da waren auch noch andere Größere. Ich hätte noch Glück gehabt, meinte sie. Ich steckte ihm das Teil in die Tasche. Die zweite Runde von Hund und Katze ging an der Tür vorbei.

Auf der Bettkante sitzend fasste ich mir ans Kinn, betrachtete den Fußboden und suchte nach weiteren Teilen, aber es war wohl nur eines beim Anflug auf die Mutter aus der Tasche gefallen. Mit den Worten »Ich gehe mich frisch machen« erhob ich mich.

An der Schwelle zum Flur betrachtete ich noch einmal meine Familie und war glücklich. Ich setzte meinen rechten Fuß in den Flur. Der Oberkörper setzte die Bewegung fort und der linke Fuß machte sich auf den Weg, dem rechten zu folgen. Da durchzog ein Schmerz meinen rechten Fuß: Die Katze hatte mit der dritten Runde begonnen und bei der Gelegenheit den Spann von meinem zarten Fuß als Startblock genutzt, im Vorbeirasen die Krallen einer Hinterpfote in meine Haut gerammt, was ich mit einem »Verdammte Scheiße!« kommentierte.

Meine Frau erhob sich mit Max am Hals: »Ist was, Schatz?«

»Nein, alles gut«, bekam ich noch hin.

Mein erster Gedanke: *Ich muss den Fuß in die Hand nehmen* – nur stand ich noch drauf und der linke Fuß war noch nicht da und schweben konnte ich nicht. Wie abgesprochen – als sich mein zweites Bein zum ersten gesellen wollte – raste mir der Hund zwischen die Beine. Damit war das Gleichgewicht dahin und der Hund jaulte auf, da er eingequetscht wurde. Ich wollte noch »Scheiße« sagen, musste mich aber um meinen Sturz kümmern, die Arme nach vorne reißen, um den Zusammenprall mit der gegenüberliegenden Wand zu vermeiden. Ich musste dabei außerdem vermeiden, den Hund zu zermalmen. Ich machte eine gekonnte Drehung, um auf dem Rücken zu landen. Bei der Gelegenheit zimmerte ich meinen Ellenbogen gegen die Kommode, die im Flur stand, und mein Musikantenknochen sagte *Danke*. Das lief so schnell ab, dass es keine Zeit zum Denken gab. Es war alles eine einzige fließende Bewegung und, wie ich meine, perfekt gelöst. Der Dackel stand vor mir und sah mich vorwurfsvoll an, dann ging es weiter die Treppe hinauf. Da wartete bereits die Katze geduldig auf das Erscheinen ihres Opfers.

So saß oder besser gesagt lag ich da, die Füße in der Tür vom Schlafzimmer, den Kopf abgeknickt auf die Brust gedrückt an der Wand, quer über den Flur.

Tobias betrat die Szenerie: »Was macht ihr für einen Krach?« Er stelzte über meine Beine und ging ohne weitere Worte in die Küche, ich hörte ihn den Kühlschrank öffnen. Die Katze kam die Treppe runter, den Ablauf der dritten Runde beenden. Der Dackel hoppelte behäbig hinterdrein; die Katze putzte sich noch in aller Ruhe eine Pfote, der Dackel brauchte seine Zeit, alleine jagen machte keinen Sinn.

Ich massierte meinen Ellenbogen mit der Frage: *Soll ich Scheiße schreien oder einfach loslachen?* Da war die Katze auch schon wieder im Anmarsch; Beine heben und Tunnel machen oder unbewegt liegen bleiben?, lautete die Frage. Da war die Katze aber schon drüber. Doch der Wackeldackel hatte das nicht so mit dem Springen, also tunnele ich ihm den Weg frei. Ohne ein Wort des Dankes hastete er vorbei. Vor zwei Minuten noch war *Kirchgang* angesagt, nun lag ich geschunden am Boden. Ich begann, an diesem Tag zu zweifeln. Ich entschied mich für ein verhaltenes Lachen und erhob mich, schaute mir meinen Ellenbogen noch einmal an und betrachtete meine Frau, von der nichts zu sehen war – nur die Fledermaus, die an ihrem Halse hing und ein breites Schmunzeln auf dem Gesicht hatte. Mit den Worten »Ich gehe unter die Dusche« setzte ich mich in Bewegung; ich humpelte ein wenig, da mir die Hacke den Tritt auf den Baustein noch übel nahm.

»Ja, ist gut, ich komme auch gleich«, quetschte meine Sandra durchs Kissen.

Ich ging in die Küche, schon mal den Kaffee durchlaufen lassen. Tobias saß im Schlafanzug am Tisch und trank ein Glas Milch, was ja auch gesund sein sollte. »Müsstest du nicht erst ins Bad und die Zähne putzen und dich frisch machen?«, frage ich ihn.

»Ja, wenn du meinst.«

Die Arme baumeln lassend, den Oberkörper nach vorne gebeugt wie Quasimodo trottete er los, besser konnte man seinen Unmut nicht zeigen.

Ich sah ihm nach und musste schmunzeln, fragte mich: *Waren wir als Kinder auch so frech zu unseren Eltern oder sind wir als Eltern zu nachsichtig mit unseren Kindern?* Ich drückte den Knopf der Kaffeemaschine und rief: »Kaffee läuft durch!« Ich ging ins Bad.

Das Bad war etwas eng geraten; gleich hinter der Tür rechts hing das Waschbecken, sodass man einen Bogen gehen musste. Links war die Dusche, dem Becken genau gegenüber, das Klo war in einer Nische untergebracht, sodass man es nicht einsehen konnte, wenn man das Bad betrat, hatte aus Platzmangel auch keine eigene Tür – solange es Familie war ... Na egal.

Tobias saß mit einem Comic in der Hand auf dem Porzellan der Erleichterung.

Ich wand mich ihm zu: »Wenn du fertig bist, bitte nicht spülen. Ich bin unter der Dusche.«

Ein zur Kenntnis nehmendes gelangweiltes »Ja, ist gut, sonst platzt das Würstchen« folgte, ohne die Augen aus dem Heft zu entlassen und seinen Vater anzusehen.

Fehlte es mir an Einschüchterungsvermögen? Ich zweifelte und gedachte, in Zukunft über meine Erziehungsmethoden nachzudenken. »Wie kommst du auf so was?«, fragte ich nach.

»Das sagt Mutter immer, wenn sie dir das Badewasser einlässt und du dich beschwerst, dass es zu heiß ist.«

Ich lächelte, hatte keine Antwort.

Das Duschwasser wurde heißer, wenn jemand einen Wasserhahn aufdrehte, da konnte es schon brutzeln auf der Haut. Ich fühlte mich jedoch sicher und trat unter die Dusche.

Erst einmal wurde der Glockenturm kalt gewässert, um die Schwellung zu mindern; die Bällchen erholten sich merklich. Dann folgte ein ausgiebiges Einschäumen von Kopf bis Fuß.

Urplötzlich ließ ich den Duschkopf fallen und sprang aus der Duschwanne, konnte noch das Waschbecken erfassen, um nicht mit den eingeseiften Füßen ins Rutschen zu geraten, streckte meinen Kopf um die Ecke zu Tobias und fragte: »Was machst du?«

Der hatte noch den Finger am Drücker vom Spülkasten, sah mich mit erschrecktem Gesicht an und meinte nur: »Oh, habe ich vergessen.« Er ging eiligst an mir vorbei, mit einem Blick auf den zentralen Gefühlsanzeiger, und meinte: »Na, geplatzt?«

Ich hätte ihm … *Aber selber Schuld*, gestehe ich mir ein. Was dusche ich auch, wenn einer auf dem Pott sitzt, und warte das Schweigen des Spülkastens ab.

Ich beendete das Duschen mit Vorsicht, da der Pelz doch gelitten hatte, zumindest auf den Schultern.

Ich stand vor dem Spiegel und betrachtete mein Kinn, an dem sich Stoppeln zeigten. Ich mochte das nicht, dieses Unrasierte, dieses wie aus dem Urwald Entflohene, einen Drei-Tage-Bart bekam ich nie hin, weil ich schon am ersten Tag zum Rasierer griff. Also Rasierschaum aufgetragen und los gings.

Ich rasiere mich immer nass, wird einfach glatter. Ich begann wie immer links und fragte mich, ob jeder Mann, der sich rasiert, links begann.

Die Wange war fertig und der Spiegel spiegelte sich darin, so glatt poliert war sie. Ich war zufrieden.

»Meine Schwiegermutter!«, schoss es über meine Lippen. *Na klar, die hat eine Voodoopuppe und steckt da Nadeln rein*, wurde mir mit einem Mal klar. Anders war diese Anhäufung von Missgeschicken nicht erklärbar und ich wünschte, ich wäre zur Arbeit gegangen.

Ich begann mit der rechten Wange und auch da: Es erhellte sich das Bad. Das Kinn und die Kehle: da waren Sorgfalt gefragt und Geschick. Nicht selten, dass gerade in den Kurven die Schrammen entstanden.

Das Kinn war geschafft, ich konnte mich kaum noch sehen, so sehr blendete es. Nun war nur noch der Adamsapfel übrig; diesen überstehenden Knorpel hätte der Liebe Gott auch weglassen können. Aber das Messer glitt von meisterlicher Hand geführt gekonnt in alle Tiefen und Untiefen der Haut. Ein Knall, ein Ratsch, ein Aua, ein blutender Hals, ein »Scheiße!« – laut und verzweifelt. Das Blut floss und der Hals wirkte, als würde jeden Moment der Kopf nach hinten abknicken. Es war zwar nur ein kleiner Ratscher, aber das Wasser und die Seife ließen es gewaltig wirken und ich bekam zugegebenermaßen einen Schreck.

Ich wusch den Schaum vom Hals, um mir ein Pflästerchen drauf zu kleben. Lag da nicht der Deckel von Tobias Zahnpastatube im Ablauf?

»Wie oft muss man es denn noch sagen: Dreht die Tube zu!«, fluche ich leise vor mich hin. Hatte der nicht zugehört oder war der erblich vorbelastet und hatte auch Klappen in den Ohren?

Ich nahm den Deckel und spülte ihn aus, natürlich heiß, wegen der Bazillen. Ich drehte den Wasserhahn zu, nahm ein Pflaster, weil verletzt, sah noch Rasierschaumreste am Kinn, beschoss diese abzuspülen, stellte den Wasserhahn auf kalt und warf mir das Wasser ins Gesicht – war aber der Rest vom heißen. Ich spürte es in der Hand, aber die Bewegung war bereits unwiderruflich beauftragt und ein erneutes »Scheiße!« begleitete mein Faustballen.

Der Knall, der mich dann erschreckte, den kannte ich genau, war der Deckel vom Brotkasten. Wobei *Brotkasten* untertrieben ist, es war mehr ein Schrank und der einzige Brotkasten, denn ich kenne, in den ein Regal eingelassen war, auf dem das Brotmesser seinen Platz hatte. Ein Gesellenstück meines Schwiegervaters. Der war nämlich gelernter Tischler und hatte das Teil aus einem Baumstamm geschnitzt. Auch der Deckel war vom selben Stamm, aber über die Jahre gesprungen. Nun zierte ihn ein massiver Deckel aus bestem Holz mit einem Schiffsmotiv, eingeschnitzt vom Schwiegervater selbst. Meine Frau verband ihren Vater und ihre Kindheit mit dem Ding. Das Monstrum stand einst in der Küche ihrer Eltern, drum mochte meine Frau sich nicht von dem Teil trennen. Ich dachte schon öfter an ein unglückliches Feuer, das unvermittelt auftreten könnte, aber ich bin Nichtraucher und Feuer in unserem Haushalt eher ungewöhnlich. Könnte verdächtig aussehen.

Das Ding stand jedenfalls auf dem Geschirrschrank, der seinerseits als Resonanzverstärker diente. Wenn man den nicht behutsam zumachte, knallte es wie beim Durchbrechen der Schallmauer. Mein Sohn Tobias hatte ihn wohl zufallen lassen. Ich hatte mir vor Schreck mit dem nur mäßig mit kleinen Gitterchen abgedeckten Fünf-Klingen-Rasierer fast den Hals durchgesäbelt.

»Für heute ist genug!«, sagte ich laut und deutlich, damit der da oben es auch ja hörte. So stand ich am Waschbecken, stützte mich mit beiden Händen auf den Rand und verfluchte den Tag, der so zermürbend begann. Ich überlegte für einen Moment, mich ins Becken zu stürzen und mich dann wegzuspülen, aber bei dem Glück, das ich an diesem Morgen hatte, würde ich wohl im Kanalrohr steckenbleiben. So beließ ich es bei dem Gedanken.

Wie ich da so stand, mir leidtat und das Sieb im Abfluss betrachtete, es entnahm und die Haare entfernte, musste ich ein wenig schmunzeln. Mein Vater fiel mir ein, der war schon eine Weile in den Wolken und ließ es gelegentlich regnen ... Ich dachte an die Kinder, die im Sommerregen tanzten und die riefen: »Oh, ein warmer Sommerregen!« Wenn die wüssten, wo die Englein hinmachten, würden sie sich einen Schirm holen.

Aber bevor wir vom Thema abkommen: Mein Vater war ein Scherzbolzen der besonderen Art. Der konnte einem Scheiße erzählen, mit einem Gesicht, das man jedes Wort glauben musste. Der ist also gestorben, war Kettenraucher. Er ist ertrunken, in der Nordsee, aber er hatte eine Schachtel in der Badehose für eine Rauchpause.

Ich weiß es noch wie Gestern: Mein Onkel und ich halfen beim Renovieren der Wohnstube – Möbel raus, Teppich neu, Tapeten neu und die Türen streichen, das ist gute zehn Jahre her. Wir machten eine Pause, ein Bier zum Gerade-Linien-Ziehen war notwendig. Ich saß auf dem noch zusammengerollten Teppich, mein Onkel im Schneidersitz auf dem Boden, mein Vater auf dem Farbeimer. Er hatte eine Tapetenrolle in der Hand und spielte damit rum, benutzte sie wie ein Fernrohr. Er sah mich mit einer Ernsthaftigkeit an, dass mir ganz anders wurde. Ich dachte: *Herzinfarkt oder der Teppich bekommt Falten.* Ohne Farbe in der Stimme, ohne Schwankungen, ohne eine Bewegung in den Augen, die sagen würde *ich veralbere dich* sagte der: »Ich werde mir das Loch patentieren lassen«, und spielte weiter mit der Tapetenrolle, als sei nichts weiter.

Ich glaubte an ein Pflanzloch. »Was willst du?«, fragte ich orientierungslos.

»Na, ich lass mir das Loch patentieren!« Es klang, als würde er von einem realen Ding reden.

Ich fragte also nach, ich Trottel: »Von was redest du da?«

»Na, von dem Loch als Ding, nicht als Begriff.«

»Wie jetzt?«

»Na, ein Loch ist ein Ding. Wenn man ein Rohr baut – was braucht man da?« Mein Vater sah mich antwortheischend an.

»Na, Beton oder Kupfer«, sagte ich überzeugt von der Richtigkeit.

»Nein, ein Loch, man nimmt ein Loch, legt da das Kupfer drum und so entsteht ein Rohr, ohne Loch kein Rohr.«

Da fühlte ich mich doch veralbert.

»Nein, es ist mein Ernst. Denk an Mercedes, die mussten einen Buchstaben kaufen, weil sich den jemand hatte patentieren lassen. Und ein Loch ist nichts anders als ein Buchstabe, oder bist du anderer Meinung? Nicht was man damit macht, sondern was es ist, darauf kommt es an und ein Loch ist ein Gegenstand, den jeder irgendwann braucht.« Nun saß er da auf dem Eimer und lauerte.

Und ich begann zu stammeln und nach Argumenten zu fischen, der zufällige Blick von mir zu meinem Onkel, dem bereits eine Träne lief, machte mich zum Torf des Tages. Und dann dieses Ist-was-Getue: *Ich doch nicht.* So manches Mal, wenn er mich durch die Rüben gejagt hat, hätte ich ihn erwürgen können. Im Nachhinein lachte ich auch, aber nur für mich.

Oder er lag noch im Bett und meine Mutter zu ihm »Arthur, aufstehen!« Mein Vater sah sie mit den Augen eines Unbekannten an: »Wer sind denn Sie, was machen Sie in meinem Zimmer?« Meine Mutter, wie man sich denken konnte, erschrocken: »Ich bin es, deine Frau!« Er darauf: »Na, wenn du das sagst.«

Er fand diese Art von Scherzen lustig. Aber nicht jeder hatte die Muse zu lachen. So stehe ich hier und gedenke ihm, er hätte seinen Spaß an mir.

Ich richtete mich auf, betrachtete den Ratscher in meinem Gesicht und befand: halb so schlimm, zog kurz den Kopf mit beiden Händen an. Der hing noch fest.

Ich machte das Bad frei für meine Frau, die es trotz der Fledermaus am Hals geschafft hatte, das Nachtlager zu verlassen.

Ich betrat die Küche, eines Souveräns üblich, um meinem Sohn erneut zu erklären, dass man die Klappe vom Brotkasten auch behutsam schließen konnte. Der Kaffee duftete mir entgegen und ich plante, mein Brötchen mit Streichwurst zu beschmieren.

Tobias saß mit dem Rücken zur Tür, an seinen Bewegungen, die angestrengt wirkten, konnte ich ablesen, dass er mit etwas Widerspenstigem kämpfte. Mit Bedacht, um dem Kaffee die Zeit zum Entfalten zu geben, füllte ich meinen Becher und betrachtete meinen Sohn. Er hatte sich eine Scheibe Weißbrot aus dem Brotkasten gegriffen und beschmierte diese mit Schokocreme, zumindest machte es den Anschein. Die Schokocreme hatte wohl im Kühlschrank gestanden und so entstand aus beiden Komponenten eine neue Form von Kugel, wobei die *Kugel* eine andere Form hatte, was auch immer, aber von einer Scheibe hatte sie jedenfalls nichts mehr.

Ihn betrachtend – ich fand es nebenbei bemerkt niedlich, wie er mit den Elementen kämpfte, die Zunge schief aus dem Mund streckend und voll konzentriert, hartnäckig ausdauernd – ging ich ohne ein Wort zu sagen zum Brotkasten und öffnete ihn, sah zu ihm und fragte mit sachtem Ton: »Wie schließt man den Brotkasten?« Auch weil wir verhindern wollten, dass der Deckel zerbrach, da der nun ein Unikat war. Einen zweiten dieser Art wird es auf der gesamten Welt nicht geben. Ungeachtet, dass ich das Ding nicht leiden konnte.

Ich nahm einen Schluck Kaffee und wartete auf eine Antwort. Über dem Geschirrschrank hing ein, wie schon der Name sagt und wie es zu vermuten ist, Hängeschrank. In dem waren neben dem guten Geschirr auch die Dosen für das Pelzgetier in unserem Haus. Dem

Dackel war es wurscht, ob sich jemand am Hängeschrank zu schaffen machte. War Futter im Napf, war gut. Wenn nicht, kam er später wieder. Die Katze hatte aber diesbezüglich ein Gespür, die konnte in Moskau sein – trat jemand an den Hängeschrank, saß sie wie aus dem Nichts auf dem Geschirrschrank und maunzte wie eine Verhungernde. Der konnte dabei ein halber Fisch aus dem Maul hängen, die machte trotzdem auf unterernährt. Ich spürte, dass sie sich hinter mir auf dem Schrank befand. Sie drückte sich an meinen Rücken: *Ich bin da, beachte mich.*

Meine Finger trommelten auf Antwort wartend auf dem Geschirrschrank. Ich hörte meine Frau im Flur nahen. Das Brot, oder was davon übrig war, war scheinbar beschmiert und essbereit. Ich wartete geduldigst, die Fingerspitzen trommelten etwas heftiger, das Trommeln wurde lauter. Mein Sohn hob den Kopf, grinste über seiner Weißbrot-Schokokugel, die er mit beiden Händen halten musste, da sie sonst auseinandergefallen wäre, bereit hineinzubeißen. Ich beendete das Trommeln und erwartete eine Antwort.

Die Katze streifte mit dem Hintern den Deckel vom Brotkasten. Der fiel mit Wucht zu. Ich hatte meine Finger drunter und bekam das Ding voll ab.

Ich schrie vor Schreck und Schmerz: »So eine Scheiße!«

Mein Sohn erschreckte sich wegen meinem Geschrei und drückte sich das brotartige Schokocremeding ins Gesicht.

Meine Frau betrat die Küche mit den Worten »Was ist denn hier los? Was machst du denn da?«

Ich bepustete meine Fingerspitzen und schüttelte die Hand, denn als ich mich erschrak, war ich auch noch zusammengezuckt und bei der Gelegenheit schwappte der Kaffeebecher über und mein frisches Hemd war hin; heiß war der Kaffee auch noch. Ich stellte den Becher ab, zupfte mit der einen Hand mein Hemd vom Körper, der selten und kostbar ist, wegen nass und heiß, und wedelte mit der anderen, als könnte man Schmerz wegwedeln, und erwischte auf diese Weise den Griff vom Backofen mit dem Handrücken. Das tat weh.

Meine Frau übernahm die Regie: »Du gehst ins Bad und machst deinen Mund sauber … Du gehst ein neues Hemd anziehen … Du mein Kleiner setzt dich an deinen Platz. Ich bereite das Frühstück vor und jeder setzt sich ohne Kommentar auf seinen Stuhl und dann geht's los.«

Ich sagte ja schon immer: *Einer muss das Kommando haben.* Aber warum sie und nicht ich? Ich war der Herr im Haus, oder?

Ich blieb in der Küchentür stehen, wollte mich zu Wort melden. Sie wedelte mich mit einer Handbewegung weg und ich ging, aber erhobenen Hauptes. Einen Vergleich mit Katze und Dackel verbitte ich mir an dieser Stelle.

Wir saßen vereint am Tisch, redeten über die Nachbarn und machten uns lustig. Ohne Vorwarnung, ich befand mich gerade im Kaffee-zufür-Modus, teilte meine Frau mir mit, dass ich meine Oma abholen durfte. Sie hätte am Samstag mit ihr gesprochen und ihr gesagt, ich hätte Urlaub. So war der Gedanke der Familienzusammenführung zwecks Einkauf entstanden. Ich liebe meine Oma, ohne Frage, nur hatte ich einen eigenen Plan: ans Meer oder ins Museum zum Haubarg oder so … aber doch nicht Oma.

»Wie, einkaufen?« Dumme Frage, an eine Frau, ich weiß!

»Die Hosen von den Jungs sind zu kurz geworden und auch die Schuhe passen nicht mehr. Auch ist Unterwäsche dran und Sportzeug und BH und so und dies und das.« Das alles sagte sie auf diese Art, die Widerspruch von vornherein ausschloss.

Ich sah mein Konto dahinschmelzen und so schaute ich sie auch an.

»Was ist?«, fragte sie.

»Ich habe kein Geld im Haus!« Ausreden halfen nicht, aber versuchen musste ich es.

»Mach dir keine Sorgen, ich habe alles vorbereitet.« Sie lächelte mich an und ich schmolz dahin, verabschiedete mich von meinem Geld, mit den Worten: »Dann habt man schönen Spaß und gönnt euch auch einen Kaffee, ich bin ja nicht kleinlich. Für wann ist denn der Ladendurchlauf geplant und wieso holst du sie nicht ab, du hast doch auch einen Wagen?«

»Gleich nach dem Frühstück, ich muss noch die Waschmaschine anstellen, damit die durch ist, wenn ich zurückkomme. Oma möchte mit uns zu Mittag essen. Sie bleibt den ganzen Tag.«

Ich liebe meine Oma, klar, aber den Urlaubsbeginn hatte ich mir anders vorgestellt.

Tobias hatte die Küche bereits verlassen.

»Nehmt ihr die Jungs mit?«, fragte ich, klang aber wie eine flehentliche Bitte.

»Klar, die müssen ja die Schuhe anprobieren.«

Bevor sie *Warum* fragen konnte, sagte ich: »Nur so, dann kann ich mich um den Garten kümmern.« Damit meinte ich *Sonnenbaden*.

Max erhob sich: »Ich gehe mal das Klo zusammenscheißen«

Sandra war entsetzt: »Max, so was sagt man nicht!«

Sie sagte noch etwas, aber ich war bereits im Gehen und stellte das Hören ab, da meine Gedanken schon woanders waren.

Wir hatten eine Doppelgarage, an der ein Geräteschuppen angebaut wurde – natürlich ohne Baugenehmigung, mit dem Argument: *Kann doch jeder.* Die Tür zum Schuppen stand auf und durch ein kleines Fenster sah ich Tobias werkeln. Ich warf einen Blick zu Tür hinein, sah, dass er sein Fahrrad reparierte. Er war dabei, den Mantel nach etwas abzutasten, machte dabei ein so konzentriertes Gesicht, dass ich schmunzeln musste. Ich sah ihm zu und erinnerte mich an ein Gespräch mit seinem Mathelehrer, der Tobias' Leistungen als *rückgängig* betrachtete. Es wäre Unterstützung vonnöten, erklärte mir der Mann, er könne auch eine geeignete Person empfehlen. Mir war der Gedanke von *Zuschusterei* durch den Kopf gegangen.

»Ach«, sagte ich nun. Unangenehme Dinge beginnen immer mit einem *Ach*. »Dein Mathelehrer sprach mich an, deine Leistungen gingen zurück.«

Tobi sah kurz auf und meinte »Ich bin gut in Mathe.«

»Dein Lehrer ist anderer Meinung und schlägt Nachhilfe vor.«

»Brauche ich nicht, ich kann bestens rechnen.«

»So, wie kommst du darauf?«, frage ich beim Bemerken meines Scheiterns.

»Ich rechne immer mit dem Schlimmsten.« Ein verschmitztes Gesicht folgte den Worten.

Das pflegte meine Oma immer zu sagen, wenn etwas daneben zu gehen drohte.

»Was machst du da?«, fragte ich, pflichtbewusst einen Ausweg suchend. Ich hätte mich auch raushalten und ihn werkeln lassen können, ihm ein Gefühl von Vertrauen geben, aber Angst, Sorge und Besserwisserei trieben Eltern zu ungeahnten Folgen. Doch leider: durch Bevormundung hat noch keiner etwas gelernt, das fördert nur die Unsicherheit.

»Ich muss meinen Reifen flicken, da ist die Luft raus.« So tastete er weiter, lächelte plötzlich, nahm eine Zange und zog einen dicken Dorn aus dem Mantel. »Ha, da ist das Miststück ja!« Er hob es hoch und zeigte es mir. Dann nahm er einen Schraubendreher und einen kleinen Kreuzschlitzschrauber und drehte die in das Loch, in dem gerade noch der Dorn steckte.

Nun war meine Kenntnis in dieser Sache gefragt. »So wird das nichts. Du musst den Mantel abmachen und einen Flicken auf den Schlauch kleben.« Ich machte einen Schritt auf die Ereignis-Ebene zu.

Tobias nahm die Luftpumpe, um zu demonstrieren, dass er meiner nicht bedurfte, und pumpte. Da die Luft nicht entwich, begann in der Mitte seiner Lippen ein Lächeln, das alsbald das gesamte Gesicht erreichte. Er deutete mit der rechten Hand auf seinen Reifen und sagte: »Siehst du? Geht! Ich habe auch mit keinem anderen Ergebnis gerechnet!« Ein verschmitztes Lächeln folgte.

Er setzte sich auf sein Fahrrad und radelte los. Am Gartentor stieg er ab und schob es zurück in den Schuppen. »

Wir machen das, wenn ich mit Oma zurück bin«, sagte ich tröstend mit sanfter Stimme.

Tobias sah mir in die Augen und meinte »Ich kann nichts dafür, dass ich in Mathe nachgelassen habe. Wir haben neue Methoden in Mathe, unser Lehrer setzt uns immer um, sodass die Guten mit den weniger Guten zusammensitzen und denen helfen sollen, damit die mitkommen, dabei bleiben wir eben zurück.«

»Davon sagte dein Lehrer nichts.«

Tobias zuckte mit den Schultern und stellte sein Fahrrad unwirsch an die Wand. Er wollte gehen.

»Halt, warte, wir müssen noch reden!«

»Ich weiß nicht, worüber.« Es war ihm unangenehm, das sah ich ihm an. Verlegenheit rötete seine Wangen.

»Was ist los? Nun sag es mir. Ich bin dein Vater, mir kannst du alles anvertrauen.«

»Unser Lehrer will, dass wir denen, die in Mathe hängen, helfen. Ich sitze dann neben einem Mädchen, Florentine, die …« Er zog einen Brief aus der Gesäßtasche und gab ihn mir.

Es war ein geschmeidiger Text für eine Neunjährige, eine Einladung zu ihrem zehnten Geburtstag.

»Das ist doch lieb von ihr, dich einzuladen«, meinte ich mit einem warmen Lächeln. Aus dem Text entnahm ich eine Zuneigung, die mehr als Freundschaft ausdrückte.

»Ich bin da dann der einzige Junge zwischen Mädchen, das geht doch gar nicht, kannst du mich verstehen?«

»Bist du dir da sicher, dass sie nur dich als … dass du da der einzige Junge bist?«

Ich versuchte ihn nicht zu ermutigen oder anzustacheln, doch drängte ein wenig, die Einladung anzunehmen. Aber behutsam. Die ersten Schritte in Sachen Lebenserfahrung können den Rest des Lebens beeinflussen. Mir hatten meine Eltern so manche Entscheidung abgenommen oder aufgezwungen und das nicht immer zu meinem Vorteil, wie das Leben mir erzählte, allerdingst erst, als es zu spät war. Die hatten es sicher nur gut gemeint, aber die eigenen Erfahrungen kann man nicht immer auf andere übertragen, da die Begleitumstände in der Regel andere sind. Ich wollte, dass Tobias seine eigenen Erfahrungen sammelte.

Bei der Frage *Wie sage ich es meinem Kind?* Bemerkte ich einen Hammer an der Werkbankkante, aufrecht stehend, zum Hinunterstürzen bereit, er konnte jederzeit auf dem Fuß vom Tobias landen.

»Wer hat den Hammer da so blöde hingestellt?«, frage ich, um auf die Gefahr hinzuweisen.

»Opa war gestern hier und hat ein Vogelhäuschen gebaut.«

Mein Schwiegervater wohnte zwei Straßen weiter im dritten Stock. Es gab da einen Fahrradkeller, aber keinen Bastelraum. Da hatte er keine Möglichkeit zu werkeln, dazu kam er dann eben in meinen Schuppen.

Um die Gefahr abzuwenden, ging ich langsam zur Werkbank. Mit ausgestrecktem Arm näherte ich mich dem Hammer und ließ ihn nicht aus den Augen, übersah dabei eine Harke, die meine geliebte Frau abgestellt hatte, mit den Zinken in den Raum gerichtet. Auf die musste ich natürlich treten, es gab wohl keine andere Möglichkeit, und zimmerte mir den Stiel gegen die Stirn, was ich mit den schönen Worten »Verdammte Scheiße!« kommentierte – aber den Hammer hatte ich gefahrlos abgeräumt. Juchhu!

Tobias las die Einladung mit ernster Miene, sah mich an: »Du meinst, ich sollte hingehen?« Ratlose Augen sahen mich an.

»Wenn du mich so fragst? Ja, ich würde hingehen, du kannst ja wieder gehen, wenn es dir nicht gefallen sollte. Nimm aber keine Blumen mit, auch nicht für die Mutter, das könnte falsch ausgelegt werden. Nimm eine Schachtel Pralinen, das ist unverbindlicher. Das Fahrrad lass stehen, ich gehe da bei, wenn ich Oma geholt habe«, sagte ich mit väterlicher Gönnerhaftigkeit.

Das kommt bei Heranwachsenden immer gut an, aber meistens vergisst man seine Zusage und die anschließende Diskussion wird dann mit Worten wie *Ich bin da noch nicht zu gekommen* und anderem Geschwafel abgewehrt, aber fürs Erste war man der Beste.

Ich saß nun in meinem Wagen und stellte mich auf meine Oma ein. Die war 88 und hatte ihren eigenen Kopf, es war nicht immer einfach mit ihr. Bei Ermahnungen lächelte sie nur und sagte: »Werde du erst einmal so alt wie ich, dann darfst du mir die Welt erläutern. Ich habe dir einst die Scheiße vom Arsch gewischt – erst wenn du mir meinen Hintern reinigst, darfst du mitreden.«

Da fehlten einem halt die Argumente.

Beim Fahren erinnerte ich mich an meine Kindheit. Es war immer ein Juchhu, wenn wir zu Oma fuhren, ein Naschen und Toben. Meine Großeltern hatten ein Eigenheim mit großem Garten am Rande eines Dorfes, hinter dem eine Aue floß. Man durfte darin baden, einfach ein Paradies. Ich denke gerne an die Zeit zurück …

Hinter mir hupte einer, hatte es wohl eilig. Mein Tacho zeigte 30 und das in der Stadt. *Oh*, dachte ich und gab Gas, aber da war da auch schon eine Querstraße und ich musste bremsen, hinter mir ein Quietschen und Hupen. Ich dachte: *Du kannst mich mal.* Ich musste nach rechts abbiegen und setzte den Blinker. Der hupte schon wieder. *Ich werde gleich sauer*, dachte ich, sah in die Straße nach rechts nach links – alles frei – und gab dem Auto die Sporen. Aber gleich nach zehn Metern war eine Fußgängerampel und die sprang gerade auf Rot; kaum dass ich angefahren war, nötigte man mich zum Bremsen. Mein Kopf ging nach hinten und gleich wieder nach vorne; nicht dass ich abrupt in die Eisen gegangen war, nein, der Hupenmann war mir hinten draufgeknallt und stieg mit wedelnden Armen und einem gewaltigen Wortschwall aus seinem Wagen. Noch bevor ich mich in Verteidigungsposition bringen konnte, wurde dem Huper von den Passanten der Kopf gewaschen: Von *Vollidiot* bis *zu Doof zum Scheißen* war alles dabei. Das machte die Unfallabwicklung kurz und einfach, aber kostete Zeit, denn Oma wartete bestimmt schon – die Olle neigte dazu, sofort zum Hörer zu greifen und theatralisch zu werden: *Wo bleibt der denn? Der wollte doch!* und all so ein Zeugs.

Schon ging mein Handy, ich musste rechts ranfahren und erklären, wo ich war. Ich liebte die Alte ja, aber die nervte.

Wie ich so ans Handy dachte, musste ich lachen. Es war schon eine Jahreszahl her, da fiel meiner Oma ihr Handy in eine Pfütze. Es hatte gewaltig geregnet, sie hob es auf, aber es war wohl hin. Wegwerfen wollte sie es nicht und wie sie so war: Beim Erblicken eines Elektrogeschäftes ersann ihr Hirn einen Scherz und sie betrat den Laden. Sie war trotz Rollator gut zu Fuß, nur für diesen Auftritt beugte sie sich vorne über und ging bewusst stuffelig.

»Guten Tag! Was kann ich für Sie tun?«, fragte der Mann hinterm Tresen freundlich.

Sie sprach, als würden ihr gleich die Zähne aus dem Mund fallen: »Oh, mir ischt mein Handy ins Wascher gefallen. Kanscht das Heile machen?«

Der Mann betrachte das Handy. Es tropfte noch. »Ich kann nichts Versprechen, aber ich versuchs mal.« Er nahm das Handy vor den Mund, nahe an die Lippen, und blies kräftig drüber; Wassertropfen flogen davon. Der Mann nahm es näher an den Mund, berührte es leicht mit den Lippen und blies erneut.

Meine Oma hatte nur auf diesen Moment gewartet. »Es ist mir ins Klo gefallen!«, sagte sie trocken.

Das Pusten hörte sofort auf, die Lippen blieben spitz stehen. Mit entsetzen Gesicht sah der Mann meine Oma an, das Handy fiel zu Boden. »Raus aus meinem Laden, aber sofort!«, schrie er.

Die Geschichte erzählte sie zu gerne. Sie sagte, sie würde sie nie vergessen und sie machte auch vor, wie er sie angestarrt hatte.

In diesem Moment kam in mir ein beklemmendes Gefühl auf: Sie war 88 und unweigerlich käme irgendwann ihr letzter Tag.

Ich bog auf den Parkplatz vom Wohnheim ein und sah die Hauswand empor, keine Ahnung warum, denn die Wohnung von meiner Oma liegt zur Straße hin im dritten Stock. Die Wohnungen sind behindertengerecht zugeschnitten und für Einzelpersonen ideal.

Ich musste stoppen, da sich eine Gruppe Jugendlicher vor der Einfahrt tummelten, die es nicht eilig hatten und sich provokant verhielten. *Unhöflich*, dachte ich nur. Ein beschwichtigender Gedanke schlich sich aus einer Ecke der verdrängten Erinnerungen ein, wir waren ja auch mal jung und aufmüpfig. Ich kann mich an so manchen Streit mit meinem Alten erinnern. Es ging um nichts, nur ums Prinzip, der dickste Kopf musste durch die Wand und das war meiner. Nicht dass ich recht hatte, mein Vater gab nur nach, weil er seine Ruhe haben wollte; erst rannte ich durch eine Wand, um dann gegen eine zu laufen. Schadenfreundlich sagte mein Alter: »Hättest auf mich gehört, gäbe es nun kein Geplärre.« Es waren viele Wände erforderlich, um wach zu werden. Heute bin ich schlauer und umgehe die Mauern.

Die Mädchen, die zur Gruppe gehörten, zogen die Jungs beiseite. Die wollten den Mädchen wohl imponieren und machten besonders auf dicke Backen. Innerlich musste ich schmunzeln, da es mich an mich erinnerte, in dem Alter.

Ich stellte den Wagen ab und ging den Bürgersteig zum Haupteingang entlang. Meine Lende hatte noch eine Erinnerung, die mir schon entfallen war, und befahl den Knien, etwas weiter auseinander zu gehen; das wirkte wohl wie motzig, wie ein Protzbrocken. Es lag aber an der Hacke meines Jüngsten, die mich etwas breitbeinig gehen ließ.

Einer der Jungs, an denen ich vorbei musste, meinte lautstark, »Na, dicke Eier?« Ein Gelächter, das wehtat, folgte.

Ich sah wohl hilflos die Mädchen an, die feixend auf meinen Schritt sahen, was mich zusätzlich verunsicherte. Die Luft blieb mir weg, die Spucke steckte im Hals fest und die Worte ertranken im See der Hilflosigkeit.

Am Haupteingang angelangt, hatte ich mich schön ärgerlich gedacht. Ich hätte doch schneller reagieren und den Blödmännern meine Meinung geigen sollen. Aber was hätte es gebracht, außer der Dumme zu sein?

Ich stand an der Klingelleiste und drückte. Nun hieß es warten, denn meine Oma musste sich erst einmal erheben und zum Türöffner gehen. Das brauchte seine sechs Minuten.

Noch bevor ich mit dem Warten beginnen konnte, rollte ein alter Mann mit seinem Rollator neben mich und öffnete die Tür, was mein Eintreten erleichterte. Gemeinsam machten wir uns auf den Weg zum Fahrstuhl. Ich hätte ihn gerne überholt, aber der rollte flurmittig und wedelte mit seinem Rennschlitten hin und her, beiseiteschieben wollte ich ihn auch nicht. Und ich war ja schon im Vorteil, da ich nicht warten musste.

Im Fahrstuhl drückte er die 1, ich die 3, und die Fahrt begann.

»Ich kenne dich«, sagte der Alte.

»Das ist gut möglich. Meine Oma wohnt in diesem Haus und ich bin gelegentlich hier.«

»Ich kenne dich.«

»Ja, ist möglich.« Ich blieb geduldig, werde ja auch mal alt.

»Ich kenne dich.«

»Jaaa.«

Die Tür vom Fahrstuhl öffnete sich, der Alte bewegte sich langsam auf die Tür zu, der Rollator war bereits im Treppenhaus, der nächste Schritt stand an, es pauste der Körper, der Arsch blubberte einen tiefen Ton, die Arschbacken dürften gewabert haben, so pulste es aus der Öffnungsmembrane des hinteren Muskels, ein wohliges Stöhnen folgte und der Wanderer der Düfte ging.

Die Tür schloss sich und ich drückte mich kräftig an die Rückwand des Fahrstuhls. Was der gegessen haben mag, mochte ich nicht erschnüffeln, aber das muss schon tot gewesen sein, als es geschlachtet wurde. Mir blieb der Atem weg. Ich mochte nicht ein- noch ausatmen, starrte auf die Tür, wartete im Schnellstartmodus. Der Fahrstuhl begann mit dem Abbremsen, die Tür öffnete sich und ich spurtete los, durch die Wolke hindurch und nichts wie weg – aber der Windzug zog den Duft mit und ich hatte das Gefühl, das gesamte Treppenhaus stank, oder sollte sich der Gestank in meine Kleidung gefressen haben? Ich klopfte mir auf die Ärmel und Hosenbeine. Das mag etwas albern klingen, aber man muss es mitgemacht haben, um es zu verstehen. Ich konnte die Tür von Omas Wohnung sehen, die wie immer, wenn ich sie abholen oder besuchen kam aufstand, in der Regel einen Spalt, heute jedoch weit geöffnet.

Ich blieb noch stehen, um dem Abduften Zeit zu geben. Ich bekam diesen Geruch nicht aus der Nase, hatte sich wohl in die Riechzellen eingebrannt.

Ich wunderte mich zusehens über die weit geöffnete Tür. Ich sah hin, als müsste der Messias jeden Moment auftauchen. Die Tür stand mir zu weit auf und Sorge, der Bruder von Panik, machte sich breit.

Ich trat an die Tür und rief in die Wohnung: »Hallo Oma, ich bin‘s, Rotkäppchen!«

Nichts, keine Antwort. Kein *Ich fresse gerade den Wolf*, nichts. Stille. In einem Film würde man nun das Ticken einer Uhr oder das Knarren einer Dielenbohle hören und grausige Musik im Hintergrund, aber auch diese Stille war beängstigend genug.

Gleich neben der Eingangstür befand sich das Bad. Die Tür war geschlossen, ich hatte die Hand am Drücker, mir krampfte der Magen. Wie oft hatten sich ältere Menschen schon das Bein auf dem Klo gebrochen. Ich habe ein fürchterliches Bild vor Augen und drückte in der Hoffnung, sie bürste sich die Haare, die Türklinke runter. Ich ließ mir Zeit, obwohl Eile geboten war. Ich strecke den Kopf in den Raum: Da! Nein, doch nicht! Nur ein paar abgestellte Schuhe. Sie war nicht im Bad, was mich nicht beruhigte.

Nach dem Bad kam das Schlafzimmer, die Tür war ebenfalls zu. Ich klopfe sachte. Keine Ahnung warum, sie wohnte alleine, würde wohl mit 88 Jahren keinen verstecken müssen. Womöglich zog sie sich um. Sie kleckert gerne mal und hatte sich vielleicht beim Frühstück Marmelade übers Kleid geschmiert. Ich betrat mit Respekt das Zimmer, ging auch ums Bett herum. Nichts, keiner da. Erleichtert bekam die Sorge Aufschwung, wo konnte sie sein?

Das Wohnzimmer war der nächste Raum. Die Tür war nicht geschlossen und das Zimmer nicht wie die Küche vom Flur aus einsehbar. Das Zimmer erweiterte sich nach rechts und bot die Möglichkeit, ungesehen auf dem Boden zu liegen. An der Schwelle zum Wohnzimmer begann mein Herz zu pochen und der Atem wurde langsamer.

Ich rief: »Oma!«

Nichts.

Ich wähnte sie tot auf dem Boden, den Telefonhörer in der Hand, den Pizzaboten am anderen Ende. Zum Glück war das Zimmer leer.

Die Küche konnte man vom Flur aus einsehen, da war sie nicht, ich wusste es und doch sah ich hinein.

Neben der Küchentür war eine Nische im Mauerwerk, verhängt mit einem Vorhang zum Verbergen von Dingen, die nicht jedem gleich ins Auge springen sollten – wie ihr Rollator. Ich schwankte in der Hoffnung, der Rollator sei nicht da, denn ohne den kam sie nicht weit. Der war nicht da. *Gott sei Dank* war mein erster Gedanke, der zweite: *Wo zum Teufel ist sie hin?*

Ich ging ins Treppenhaus zurück und sah in die Richtung, aus der der Duft kam. Ein »Mein Gott!« entwich mir. Die Fantasie ging mit mir durch: Die Außerirdischen hatten sie geholt und nun kam ich ins Fernsehen und im gleichen Moment machte ich mir Sorgen um die Außerirdischen: Meine Oma würde sie aufmischen. Die würden diese Entführung bitter bereuen. In der Ferne hörte ich eine Stimme, die mir bekannt vorkam: *Oma!*, dachte ich gleich, obwohl diese Frau mit Schweizer Akzent sprach. Ich beschloss, der Quelle auf den Grund zu gehen, und richtete meine Ohren aufs Ziel aus.

Eine offene Tür. Und meine Oma, die mit dem Rücken zum Ausgang stand, vor ihr ein Mann, nicht jünger als 90, eventuell 91. Beide im Gefecht der Worte verfangen.

Ich kam näher.

Meine Oma sagte: »Dasch icht dein Gebisch, nischt mein!« und reichte dem Mann eine Zahnreihe.

Er reicht meiner Oma eine andere Zahnreihe mit den Worten: »Dann musch dasch deine sein!«

Was machen die da?, denke ich und trete näher, um deutlicher zu hören und sehen. Die tauschen in der Tat ihre Zahnausrüstung miteinander. Obere Zähne und untere Reihe werden mit Worten wie *deinsch* und *ist nicht meins* getauscht. Ich traue meinen Augen nicht. Dann, mit einem Mal klare Worte. Die Gebisse saßen wieder und ein »Bis bald« und »Es war schön« folgten. Ein Kuss wurde getauscht, wobei nicht zu erkennen war, wo Oma anfing und der fremde Opa aufhörte.

Oma wendet ihren Laster »Oh du, schon da. Habe dich nicht kommen sehen.«

Wie denn auch. Hinten hast du keine Augen und vorne warst du abgelenkt, dachte ich. Mir fehlten gerade die rechten Worte.

»Ja ... ich habe dich gesucht. Was machst du da? Hast du deine Zähne verliehen oder was?«

Hinter uns schloss sich die Tür. Sie lachte mich an und sagte: »Ich habe bei Sascha übernachtet und wir hatten Sex!«

Meine Zunge suchte nach Worten, die meine Stimmbänder sich weigerten zu formulieren. Ich wusste im Moment nicht, wo ich mehr schwitzte: unter der Zunge oder unter den Achseln.

»SEX!«, schoss es aus meinem Mund. So schnell konnte ich die Lippen nicht bändigen, wie mein zerebraler Kortex reagierte.

Ich musste so laut gerufen haben, dass es alle Nachbarn gehört haben dürften. Bilder generierten sich, die keine Löschtaste hatten. Ich starrte meine Oma an.

»Was ist? Habt du und Sandra keinen Sex?«, fragte sie mich frech ins Gesicht.

Sie lachte, als würde sie beim Agieren neben dem Bett gestanden haben. In mir schämte sich etwas, aber ich konnte es nicht sein, jemand anderes, der in mir wohnte, mein Untermieter, der mir immer sagte *Hol dir noch ein Bier* oder *Schau dir den Hintern an*, der war es, der sich schämte.

»Hast du alles?«, fragte ich Oma, um vom Thema los zu kommen.

»Ich muss nur noch mein Geld einstecken, dann können wir ablegen.«

Sie ging in ihre Wohnung zurück. Sie war etwas besser zu Fuß als sonst, schien es mir. *Was geht mich ihr Nachtleben an, wenn es ihr nicht schade*t, dachte ich und hatte gleichzeitig diese Bilder im Kopf, um mich gleich zu maßregeln, was ich überhaupt darüber nachdachte.

Ich stellte mich ans Fenster im Treppenhaus und schaute auf die Straße hinunter. Da lungerten diese Burschen rum und pöbelten jeden an, der an ihnen vorbeimusste. In wenigen Minuten musste ich meine Oma an denen vorbeibekommen. Mir war jetzt schon mulmig im Magen. Ich wollte dem Schnösel zu gerne die Meinung geigen. Ich sah ihm von oben zu und mochte ihn nicht.

»Ich bin soweit, wir können los.« Meine Oma ging zum Fahrstuhl und drückte den Knopf.

»Ich nehme die Treppe«, sagte ich und machte mich davon.

Ich hatte noch den Geruch in der Nase. Ich beeilte mich, aber sie war vor mir unten.

»Mann, da ist aber einer gestorben in dem Fahrstuhl. Warst du das etwa?«

Auf die Frage hatte ich gewartet. »Nein, der ist von einem Mitbewohner dieses Hauses, der hat den Fladderadatsch hinterlassen.«

Meine Oma war etwas blass um die Nase geworden. »Ich habe die Luft angehalten, mir ist schrumpfbeinig. Ich muss mich setzen.«

Ich öffnete die Ausgangstür und ließ Frischluft ins Treppenhaus. Eine Fliege, die ins Haus wollte, drehte wieder um.

Ich hielt die Tür auf und hörte die Stimmen der Jugendlichen und das Geschimpfe der Passanten.

»Geht Arbeiten, ihr Drückeberger. Saupack.«

Die Jugendlichen lachten, hatten ihren Spaß. Mir kloste es bereits im Hals. Ich suche schon nach Worten wie *Moin* oder *Ihr seid aber gut drauf.* Nur nichts Provokantes.

»Wir können weiter. Mir geht's gut.« Sie drückte sich an den Griffen des Rollators empor.

Ich machte einen Schritt zu ihr hin.

Sie winkte ab: »Es geht, lass man.«

Wir gingen nebeneinander. Da sie mit ihrem Rollator mehr wedelt als ihn geradeaus zu schieben, klopfte sie mir ständig ans Bein.

Ich warf einen abschätzenden Blick zu der Gruppe. Das war wohl ein Fehler, eine Art von Einladung. Noch nicht auf deren Höhe, ging's los: »Na, hast dir ne Alte gegriffen? Musst es ja nötig haben …«

Ich wollte ihm eine zwiebeln, aber ich behielt die Ruhe.

»Eh, Oma, zeig dem Burschen mal, was Sache ist!«, sagte der Rädelsführer, der sich stark fühlte, da er seine Gruppe um sich hatte.

Wir waren schon an denen vorbei, da wendete meine Oma den Hackenporsche, ging zu dem Bengel hin und drückte mit ihrem Rollator kräftig gegen dessen Knie. Sie schaute ihm fest in die Augen und sagte: »Mein Kleiner, selbst wenn dein Zeiger auf zwölf Uhr steht, so musst du doch mit der Hand den Glockenstrang ziehen!« Sie ging mit einem höhnischen Lachen weiter.

Kein Mucks kam mehr von den Jungs. Die Mädchen gingen.

»Das hätte auch schief gehen können, sagte ich besorgt.

»Ach was, das sind doch nur Kinder. Dumme Jungs, die ihre Langeweile totschlagen müssen. Die wohnen in der Nachbarschaft und sind ganz in Ordnung.«

»Wenn du meinst.«

Die Jungs gingen den Mädchen hinterher.

Ja, dachte ich, *von hinten sind es in der Tat nur Kinder.*

»Ach,« rief meine Oma und ich schreckte auf. Alles Unangenehme beginnt mit einem *Ach.* »Können wir noch in den nächsten Supermarkt, damit ich was für Morgen zum Frühstück besorgen kann? Mein Kühlschrank ist leer.«

Passte mir nicht, weil die Zeit lief und Sandra wartete. Das gab wieder ein *Warum dauerte das solange?* Sie mag nicht warten und brauchte selber Stunden, nur um sich die Wimpern zu bepinseln.

Wir saßen also im Wagen, meine Oma neben mir. Sie schaute versonnen aus dem Seitenfenster, legte ihre Hand auf meinen Unterarm und meinte: »Als Junge warst du auch nicht anders als die, hast auch die Nachbarn geärgert. Oft musste dein Vater sich entschuldigen.«

Im Rückblick hatte sie recht, nur bekamen meine Eltern nur einen Bruchteil der Streiche mit. Wir hätten wohl einen blauen Hintern bekommen.

Ich schmunzelte bei einer Erinnerung, die sich aufdrängte. Auf dem Parkplatz einer Disco, in die wir regelmäßig gingen, stand ein Fiat, ein kleines schnuckeliges Ding. Hatte die Länge von 1,50 oder so. Das Ding fuhr eine Bekannte von mir. Den Wagen hatten wir zu viert – vier Mann, vier Ecken, wie es so schön heißt – in der Parklücke umgedreht, ein Rauskommen war nur noch möglich, wenn die anderen Autos wegfuhren. Damals hielt ich das für einen genialen Scherz, heute finde ich es gemein und schmunzelte bei der Vorstellung, wie das Mädchen geguckt haben mag. Sie hat nie ein Wort darüber verloren, die Ärmste.

Wir kamen auf dem Parkplatz vom Supermarkt an. Ich half meiner Oma beim Aussteigen, reichte ihr die Hand, wie üblich, nur hatte sie ein leicht verschmitztes Lächeln zwischen den Mundwinkeln, was nichts Gutes bedeutete – ich kannte meine Oma.

Sie rollte mit ihrem Rollator und schickte ein »Geht mir aus dem Weg!« voraus.

Ich holte den Einkaufswagen. Aus dem Laden kam ein Mann. Na ja, es waren drei in einer Hose, was die Masse anging. Der hatte zwei Kisten Bier, einen Sack Grillkohle und reichlich Grillfleisch eingeladen.

Warum nicht?, fragte ich mich. Sandra war mit den Kindern zum Einkaufen und würde nicht vor 17 Uhr zurücksein. Ich grillte mir derweil einen, dazu ein Bier vom Feinsten.

Oma war schon im Laden. Ich musste mich beeilen, sonst würde Chaos herrschen. Zu spät – sie hatte schon eine Verkäuferin beim Wickel und ließ sich die Kalorien von einer Schaumkuss-Packung erklären. Sie mag die Dinger gar nicht. Das Fräulein gab sein Bestes und hatte Geduld.

Meine Oma machte einen auf schlecht hören, das mochte sie gerne. Dann rief sie halblaut »Was sagten Sie?« Und alles von vorn.

Ich musste die Kleine retten. »Oma, wir müssen weiter.«

Das Mädchen lächelte mich an und ich fand sie süß, aber meine Oma boxte mir in die Seite und schimpfte: »Du sollst doch keine jungen Mädchen ansehen! Du bist mit mir verlobt!«

Das Gesicht der Kleinen wurde finster und sie sah uns verständnislos nach. Nun wusste ich, warum meine Oma grinste. Diese Jugendlichen hatten sie auf eine Idee gebracht und das kostete sie erbarmungslos aus – auf meine Kosten natürlich. Ich hatte das Gefühl, das ging nun wie ein Feuer durch den Laden. Ich fühlte mich beobachtet und meine Oma tätschelte mir auch noch den Hintern. Ich ging schneller, um etwas Abstand zu haben, aber die Blicke der Leute folgten mir.

Ich suchte mir meine Grillsachen zusammen. Meine Oma stand mit einer Rollatorfahrerin zusammen. Ich wusste nicht, ob die sich über Kurvenlage und so Zeug unterhielten, aber wohl nicht, meine Oma stellte mit den Händen eine Länge dar und die andere Frau starrte mich an und hatte einen Gesichtsausdruck, der mir eine Vorstellung vermittelte, was meine Oma da gerade zum Besten gab. Meine Füße beschleunigten sich.

»Die hat auch keine Hemmungen mehr«, schimpfe ich leise vor mich hin.

Dann lief mir diese fremde Frau über den Weg – ich hatte das Gefühl, mit Absicht – und musterte meinen Schritt ausgiebig. Ich bemerkte, wie ich rot anlief. Ich konnte meine Oma nicht sehen, aber ich sah ihr grinsendes Gesicht vor mir und machte, das ich weiterkam und sagte auch noch: »Tach.« Ich mag es mir einbilden, aber ich spürte ihre Augen an meinem Hintern kleben. Ich hatte nur noch einen Wunsch: *Raus aus diesem Laden.*

Aber Oma, dieses Miststück, war ja auch noch da.

Ich stand im Kassenbereich, hinter mir das Regal mit Tiernahrung, und wartete. Sie kannte eine Menge Leute und so dauerte es. Sie kam den Gang entlang gewedelt und schmunzelte. Ich war echt sauer. Ich liebte diese Schrapnelle, aber ich kochte.

Noch bevor ich ihr meine Meinung auf die Gehörgänge geigen konnte, schob sie mich näher ans Regal für Tiernahrung, lachte übers ganze Gesicht legte auch schon los: »Das ist es doch!« Schön laut, damit jeder, der in der Nähe stand, es auch mitbekam. Sie zeigte die Regalwand entlang und ich wunderte mich. »Das mit einer Portion Reis und Opa ist versorgt.«

Ich starrte sie an. Schweigen um uns herum.

Fragend sah sie mir frech lächelnd ins Gesicht. »Dann haben wir den satt und können in …«

»Komm, wir müssen los. Sandra wartet mit den Kindern auf dich.« Ich drängte sie mit ihren Einkäufen durch die Kasse. Beim Verlassen höre ich die Leute tuscheln. Hier brauchte ich mich nicht mehr sehen lassen, das war mir klar.

Ich warf die Einkäufe in den Kofferraum.

»Was bist du so gereizt?«, fragte mich Oma mit einer mir nicht nachvollziehbaren Verständnislosigkeit.

»Du hast mich im Laden lächerlich gemacht, mich als deinen Liebhaber verballhornt. Jetzt bin ich eben sauer auf dich.« Ich knallte die Wagentür zu.

Sie streichelte mir über die Wange und sagte frech: »Komm, Kleiner! Es war doch lustig.«

In dem Moment, genau in dem Moment ging da einer am Wagen vorbei und hatte ein scheiß Lachen im Gesicht. Mir spritzte die Wut aus allen Poren und ich suchte nach Schimpfworten.

Ich betrachtete sie von der Seite, sie hatte eine Träne im Augenwinkel. »Ist dir nicht gut?«, frage ich voller Sorge.

»Nein, ist schon in Ordnung. Ich hatte nur einen sentimentalen Rückfall. Fahren wir. Sandra wartet mit den Kindern.«

In diesem Moment schämte ich mich, dass ich sauer war. Sicher, es war nicht schön, dass sie mich für ihren Spaß missbrauchte, aber wenn ich so nachgrübelte, hatte es auch was Komisches. Ich räumte es in die Schubladen der Erinnerung. Es landete nicht im Fach *Lustig*. Im Fach *Verärgert* legte ich es ab, womöglich lagerte ich es eines Tages noch um, aber für heute war ich bedient. In diesem Moment war mir nicht einmal mehr nach Grillen zumute.

Die Familie verließ das Grundstück. Meine Sandra winkte mir noch zu und dann waren sie aus den Augen und ich verabschiedete mich von meinen Euros. Ich legte mich auf die Liege in die Sonne und grübelte über mich: War wohl der Urlaubsfrust, der am ersten Tag zuschlug, aus dem Trott raus, und sich dem Alltag stellen. Hatte ich eigentlich einen Grill? War der noch zu gebrauchen?, schoß es in meine Gedanken hinein. Ich erhob mich, ging zum Schuppen und begann mit der Suche – aus dem Fenster. Zufällig fiel mein Blick auf etwas, wohl durch eine Bewegung verursacht, die ich unterm Carport wahrnahm – mir war, als würde etwas Schwarzes ... ach das war wohl nur ein Schatten. Ich hatte einen Grill gefunden. Rostig, aber ging.

Ich wollte ihn gerade auf die Terrasse bringen, da hoppelte mir das Kaninchen von Tobias über den Fuß. Hatte der vergessen den Stall zu schließen nach dem Füttern? Ich bewegte mich ganz langsam, stellte das rostige Eisen ab und ging auf den Hoppler zu. Der saß einfach nur da, nur die Nase bewegte sich. Ich hatte ihn gleich, nur noch ein paar Zentimeter ... Ich wollte zupacken, aber: Ein kleiner Hopser und er war wieder außer Reichweite. Ich redete ihm zu und verbrachte eine halbe Stunde mit der erfolglosen Jagd, richtete schließlich meine Augen in den Himmel: »Herr Gott, was habe ich verbrochen?« Aber keine Antwort. Sollte Tobi den fangen, der hatte den ja auch laufen lassen.

Mein Blick richtete sich auf die Straße, die recht befahren war. Ich musste das Vieh einfangen. Eine Kiste war schnell organisiert. Ein Stöckchen, eine Möhre, eine Schnur – wie aus dem Lehrbuch für Unbeholfene. Nun hieß es warten und … es scheiterte. Das Karnickel hatte eine Reaktion, die beachtlich war: Es hatte die Möhre geschnappt und saß gemütlich da und mümmelte. Ich griff zu und hatte es. Darauf hätte ich auch gleich kommen können. *Ich bin ein talentierter Kaninchenfänger*, stellte ich fest.

Ich nahm den rostigen und von Spinnweben überzogenen Grill; es war lange her, dass der benutzt wurde. Die Beine waren abmontiert und mit Klebeband befestigt. Wie weise musste ich gewesen sein, dass ich diesen Tag hatte kommen sehen. Die Schrauben hatten kein Gewinde mehr, aber ich war ja talentiert und zwang mit Zange und Gewalt zusammen, was zusammen gehörte. Geschafft! Wackelte ein wenig, aber das Ding sollte ja stehen, nicht laufen.

»Der Grillrost heißt so, weil er verrostet ist«, scherze ich. Mich ärgerte es, dass ich das Ding nun putzen musste. Für einmaliges Grillen so einen Aufwand. Ich würde das Ding wohl in den Müll werfen, sobald dieser Schmaus beendet war.

Ich trottete in den Schuppen. Ich vermutete eine Stahlbürste zu besitzen, mein gestählter Blick wanderte durch meine Unordnung und blieb am Fahrrad von Tobi hängen.

»Ach du grüner Bazillus«, entfuhr es mir. Dem hatte ich ja versprochen, das Ding zu reparieren. Als Vater musste man zu seinem Worte stehen. Ich betrachtete den Grillrost, der nicht nur rostig war – der hatte Rostschuppen und Reste von Fett und Brocken von etwas an sich. Na, was auch immer: einmal gegen den Türrahmen geknallt und sauber. Den Rest erledigte das Feuer. Man musste sich nur zu helfen wissen.

Ich legte mich ins Zeug, denn es war elf Uhr und die Zeit drängte. Ich war es gewohnt, um zwölf Uhr zu essen.

Zum Glück war es das Vorderrad, einfach auszubauen und schnell geflickt. Die Schrauben waren gelöst, nur die Welle vom Tacho steckte in der Narbe. Ein Mann, ein Entschluss. Ich schraubte alles ab – konnte man ja wieder zusammenbauen. Ich war zufrieden mit mir, hatte den Vorderreifen in der Hand, aber irgendetwas stank nach Hundescheiße. Mein Blick wanderte aus dem Schuppenfenster. Das konnte nur von draußen kommen. Die Auffahrt entlang auf dem Bürgersteig sah ich ein Häufchen in zwei Teile geteilt, die Breite eines Fahrradreifens dazwischen. Ich sah unwillkürlich meine Hände an. Das Wort, das ich laut rief, möchte ich nicht wiederholen. Ich also ab zur Regentonne und erst einmal den Mantel und die Hände gereinigt. Ich hatte Würganfälle. Bei dem Geruch konnte einem auch nur übel werden.

11:15 Uhr. Der Hunger begann sich trotz Gewürge zu melden. Nun hieß es, den Mantel flott von der Felge zu bekommen. Ich drückte und zwang den Mantel mit aller Kraft, aber da war nichts zu machen, ohne das passende Werkzeug. Schraubendreher. Logisch. Ich setzte zwei an: Der erste wurde unter den Rand vom Mantel gedrückt – sachte wegen dem Schlauch – und hebelte ihn an, den zweiten ein Stückchen weiter und der Mantel rutschte über die Felge. Das war technisch versiert, könnte man wohl sagen. Ich hatte den Schlauch in der Hand, pumpte Luft hinein und ging zur Regentonne, tauchte den Schlauch ins Wasser und es blubberte – an drei Stellen.

»Kein Wunder, dass die Luft entwich«, musste ich laut kommentieren. In der Satteltasche war Flickzeug. Zum Glück. Nun aber schnell zusammenbauen.

11:30 Uhr. Mein Hunger begann sich mit Unterzucker zu paaren. Ich musste was essen! Ich wurde fahrig und zittrig in dem Zustand, aber ich beschloss, Wort zu halten. Den Schlauch auf die Felge, den Mantel mittels Schraubendreher draufgedrückt, Luft drauf und ab in die Regentonne. Ich blickte erstaunt, zum Glück sah mir niemand zu: Es blubberte noch an zwei Stellen aus dem Reifen.

»Haben die Flicken nicht gehalten?«, rief ich.

Also alles runter und erneut in die Tonne. Zwei neue Löcher.

»Wo kommen die her?«, fragte ich mich.

Ich merkte wie mir Schweiß auf die Stirn trat und mir flau im Magen wurde, die Hände begannen leicht zittrig zu werden.

11:45Uhr. Ich rannte ins Haus. Ich musste was essen. Ich riss die Haustür auf und – knallte voll mit der Nase dagegen. Sandra hatte abgesperrt. Tränen schossen mir in die Augen. Ich drückte mit beiden Händen gegen die Nase und ging in die Knie. Mir war übel. Den Schlüssel aus der Tasche ... ich zitterte am Türschloss vorbei und vorbei. Der Dackel kam kläffend aus der Hunde- oder Katzenklappe.

»Halt die Schnauze!«, fuhr ich den Hund an, der nur seinen Job machte.

Mit letzter Kraft schleppte ich mich in die Küche. Im Küchenschrank waren Tüten mit Süßigkeiten. Ich schaufelte mir eine Handvoll dieser kleinen farbigen Biester in den Mund. Aus dem Kühlschrank angelte ich mir zwei Bockwürste und schlang sie geradezu hinunter.

Mir wurde wohler. Ich musste mich beherrschen, aber beim Verlassen der Küche tauchten noch zwei Handvoll dieser Gummidinger in den Schlund ab. Ich konnte wirklich nichts dagegen machen, die riefen im Chor: *Nimm mich!*

Ich ging zur Terrasse und befüllte den Grill mit Kohle, goss Grillanzünder drüber und zündete ihn schon mal an; stellte fest: kein Bier, sah fassungslos meinen Einkauf an. *Habe ich das Vergessen? Wie kann das sein?* »Ich mache den Reifen fertig und dann hole ich mir bei der Tanke ein Bier!«, beschloss ich lautstark, damit ich es nicht vergaß.

Mein Reparatureifer schaffte immer neue Löcher. Die Idee mit dem Schraubendreher war wohl nicht so genial, aber wir hatten ja einen Fahrradladen. Der bekäme das hin.

Den Reifen unterm Arm ging ich noch mal zum Grill, rührte die Kohle einmal durch und goss erneut Grillanzünder drüber. Grillwurst und ein dickes Steak lagen bereit. Ich beschloss, mich zu beeilen, die Kohle brauchte eine halbe Stunde, um durchzuglühen.

Ich fasste die Klinke der Haustür an. Alles gut, die war verschlossen. Manches Mal vergaß ich das.

Die Tanke zuerst. Auch konnte der Tank gleich befüllt werden.

Ich stand an zweiter Stelle. Die Preise waren gerade gefallen: von 1,15 € auf 1,05 €. Ich dachte, *das dauert noch*, und der Grill brannte. Ich wollte also mit meinem Auto zurücksetzen. Das ging jetzt aber nicht mehr, hinter mir war inzwischen eine lange Schlange. In meinem Magen rumorte es. *Scheiß Idee*, warf ich mir vor.

Ich war durch, der Tank war voll und zwei Bier in der Hand. Zurück oder doch noch den Reifen machen lassen? Ich konnte ja neue Kohle auf den Grill legen, die Glut würde sicher reichen. Ich weiß nicht, ob ich mir das ins Ohr säuselte oder ein böser Geist, jedenfalls fuhr ich zum Reifenflicker.

Auch da musste ich warten und es dauerte und dauerte, auch Ungeduldiges auf- und abgehen hatte keine beschleunigende Wirkung. Ein aufmunterndes »Ich habe gleich Zeit« beruhigte mich nicht. Ich war nun schon eine Stunde unterwegs. Der Grill war bestimmt aus, wenn ich Zuhause ankam. Der Mann der Reifenkunde hatte ein beschauliches Lachen für mich, als ich ihm von meinem Versuch erzählte, den Reifen selbst zu flicken. Ich beschloss, in Zukunft weniger mitteilsam zu sein.

Ich fuhr so schnell ich konnte zurück nach Hause zum Grill. Schon von Weitem sah ich ein blaues Licht am Himmel kreisen. Ich verlangsamte, es würde wohl gleich ein Krankenwagen auftauchen und ich musste anhalten. Ich dachte voraus.

Als ich in meine Straße einbog, stand die Feuerwehr vor meinem Haus. Ich ahnte Böses und hielt an. Mir zitterten die Hände: Meine Terrasse war abgebrannt.

»Sie wohnen hier?«, fragte mich ein Feuerwehrmann.

»Ja, das ist mein Haus. Was ist geschehen?«

»Sie haben den Grill nicht gelöscht, als sie gingen. Der Boden war durchgerostet und die Hitze hat dem Grill den Rest gegeben. Die Grillkohle ist durchgefallen auf die Flasche mit dem Grillanzünder, die ist geschmolzen und das Feuer ist über den Holzboden gelaufen. Die Lamellenwände sind aus dünnem Material, das brennt wie Zunder. Nun ist Ihre Terrasse Asche.«

Ein anderer Mann rief: »Die Wurst ist gar.«

Ich sah ihn an wie ein weidwundes Reh.

»Wir haben alles gelöscht und fotografiert. Sie bekommen sicher eine Rechnung.«

»Warum?«

»Leichtsinn, guter Mann, Leichtsinn.«

Die Feuerwehr war abgerückt und ich stand mitten in der Asche, die Grillwurst in der Hand, die in der Tat gar war. Leicht angekohlt. Dem Steak ging es nicht so gut.

Sandra fuhr in die Auffahrt. Sie kam früher als geplant zurück, was mich wunderte, denn sie wollten nach dem Einkaufen noch ins Café und sich eine Sahnetorte gönnen. Der Wagen war vorne kürzer geworden und der Kotflügel wirkte etwas faltig.

Ich ging zum Wagen.

Sandra stieg aus und sagte: »Im Parkhaus war eine Wand.«

»Ja und?«

»Oma wollte mal wieder fahren und hat Gas und Bremse verwechselt. Und da war eben diese Wand.«

Ich tunkte die Bratwurst in den Senftopf und biss ab, damit ich einen Grund zum Weinen hatte und sagen konnte: *Es kommt vom Senf.*

Zeitfracht Medien GmbH
Ferdinand-Jühlke-Straße 7
99095 Erfurt, Deutschland
produktsicherheit@kolibri360.de